プロローグ
～女神に託したもの～

ヒトは一度しか
死ねないのだから

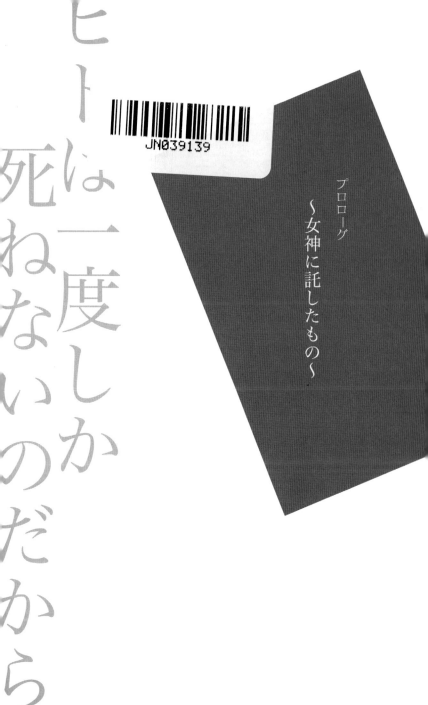

彼女が最初に目を開いた時、眼前にはボサボサの黒髪の青年が俯き加減で暗い表情をしていた。体調不良のような負の空気を纏っている。伸び放題の髪に、薄い無精髭。睡眠不足だろうか？

それを視界に入れながら、ひとまず自動的に初回起動時のスキャンが行われる。

――登録主認識、確認、完全一致。彼を主人と認める。

続いて自身の内部のスキャニングを開始。些細なバグ程度ならセルフリペアできる。ところが、一切のエラーなし。大小問わず、問題なし。ミス皆無。検出できるトラブルなし。

……トラブル、なし？

喜ぶべき結果に、しかし彼女は不思議に思う。

それでは何故、自分はこれから何をすればいいのかわからないのだろう？　最初の命令が未入力か？　それならば検出されるはずだ。再度、初動項目を確認。そこにあったのは。


――Live as you wish.（思うままに生きろ）

起動させておいて、「自分で考えろ」ということか。目を開けてすぐに自分で考えろと言われても、それは産まれたばかりの人間に二足歩行をしろと言っているようなものと同等ではないのだろうかと彼女は思う。

ふと、青年が少しだけ顔を上げた。虚ろな目と目が合った。

――最終調整完了。虹彩認証一致。本人確定。

「……私は、どのようにすれば？」

彼女は静かな声を発した。こんな声なのか、と自覚する。目の前の青年は長い前髪越しにじっと見つめる。やがて幾度かまばたきをしてから、彼は自分の目を濡らし始めた。喜びか哀しみか驚きか失望か。まだ経験がないため、彼女にははっきりとその意味が掴めない。

しかし彼が、見た目からは想像もできないようなか弱い声を発した。聴覚センサに集中してなんとか拾える程度に小さな呟き。その拙い声はどこか懐かしく、だが完全に無関係のはずで。

「……俺を……一人に、しないでくれ……」

それを最初の命令と受け取った。なんと弱々しく儚い初期命令《ファーストオーダー》だろう。

しかし、きっかけさえ掴めれば、その先は「自分で考えろ」を実行するのも可能になる。

「承知いたしました」

自身の動きにも注意を払いつつ、彼女は恐る恐る手を差し伸べた時、彼は身じろぎ一つしなかったので、拒絶はないと考える。そのままふわりと彼を優しく両腕で包み込んだ。体表から伝わる生きた人間の体温は、何故か違和感なく馴染んだ。

そういうものなのか、と気にも留めずにいると、突然青年がしがみついてきて、彼女の胸で嗚咽を漏らし始める。意味のある言葉を成していない何事かを口にしながら、まるで懺悔をするように、そして同時に祈るように彼女をぎゅっと抱きしめた。あまりの力強さに驚く。

それでも彼女はしっかりと考えて、同じくらいか少し弱めの力加減で抱擁を返し、彼の口から漏れる押し殺し切れない慟哭と、誰にも止めようのない涙を受け止めながら、長い間、身体を震わせている主人との初めての接触をメモリに焼き付けていった。

×××

「大人になったら、私が結婚してあげるね」

「きょうだいじゃ、結婚できないって先生が言ってた」

「何それ？　そんなの関係ないじゃない。人間同士だったらいいっていうルールでしょ？」

「俺と結婚したい？」

「したいんじゃないわ、してあげるって言ってるの。だって、私がいないと、何もできないでしょう？」

「できるもん！　俺は一人前の男になるから、何でも自分でできるようになる！」

「えー、じゃあ私も手伝うよ」

「ダメ。俺が自分で何でもできるようになるから」

「つまんないなぁ。じゃあ私が他の人のお嫁さんになっても知らないよ？」

「……関係ないもん。俺もよそから嫁さんもらうし」

「――ちぇ。ホント、つっまんなーい」

第一章

エンカウンター・ウィズ・アウトサイダー

ヒトは一度しか死ねないのだから

「何だかんだで人類は、いまだにまったく一枚岩になれていない。まぁ、これまでに一度もそうなれたことがないんだから、仕方がないのかも知れないな」

「それを一枚岩にするのが俺と貴様の使命だろう？　俺たちならできると見栄を切った、あの言葉は虚勢か？」

「まさか。お前とならできると思ったから言ったんだよ」

「ならば、そうすればいい」

「簡単に言うねぇ」

「難しいか？」

「いーえ。じゃ、やってみますかぁ。俺とお前なら必ずできるって信じてるからな」

×××

雑多な部屋で、まだ幼さの残る、けれど整った中性的な顔立ちの少年が、目を閉じて座っていた。

周囲はガラクタが山積みにされていて、文字通り足の踏み場もないような狭い部屋に、自分の居場所プラス小型の動物程度なら収まるほどのスペースがある。そして彼の脇には、まさにその小動物サイズの白いツルツルした物体があった。

「——来る、か」

「そうだな」

目を開けた少年に応えた声は、変声期前の幼い少年のような、もしくは可憐な少女が精一杯の意地を張って強がって乱暴に言ったような、ちぐはぐな印象だ。

「ったく、何で今になってバレたんだよ。あとちょっとだったのに」

「知らねーよ。オレじゃねー」

「お前じゃなかったらどうやってバレんだよ」

「だから知らねーって。テメーがいつもこの部屋の改造とかでガチャガチャうるせーから、苦情でも出たんじゃねーのか？」

何かお互いに罪を擦《なす》り付け合っているような会話だが、どこか親しみが含まれている。やがてこの日が来ることはわかっていたような。

「それはちげぇだろ、多分。一応時間には気ィ遣ってるし、ここ来てまっ先に防音設備作ったし。お前が不用心に窓の外に顔でも出したんじゃねぇのかよ」

「そりゃ、窓の外はしょっちゅう見てっけど、絶対顔は出してねーし」

「やっぱり外から見られたかな」

腕を組んでやや考え込んだ様子の少年に、白い物体――耳は長いが足が短い、不思議な小動物のようなもの――が、ひとまずその思考を遮る。

「まーどっちでもいーじゃん。取り敢えず今ここはよー」

「ああ、そうだな。じゃあ」

少年は我に返って今置かれている状況を思い出し、お互いに目を合わせて頷き合う。反対側の脇にいつも準備万端の状態で置いてあるバックパックを素早く背負い、白い塊を抱えた。

「「逃げる!!」」

窓を開けてひらりと三階の窓から飛び出した。


西暦二六〇七年。

ロボットが多くの仕事を請け負う時代だ。儲けている人間は、大手ロボット製作会社の上層部と高度な技術開発者、ロボット工学の研究者やロボットをうまく利用して商売ができる能力を持った一部の者くらいだ。平凡な一般人は特に仕事もなく、収入もない。

かつては〈ロボットを作る〉という工程を担うラインの仕事があったが、それもロボットに成り代わってから久しい。配達や販売の仕事はロボットが担い、モノ作りもロボットがする。レストランに行けばロボットが調理してロボットが運び、ロボットが洗い物をしてロボットが掃除をする。

もちろん報酬などは不要だし、人間よりよほど役に立つばかりか、失敗もしない。ロボットが稼働するために必要な太陽光にも不自由はない。地球にはもう四季はないし、雨も降らないからだ。カレンダーは存在していても、季節は移り変わらない。

人間には住みにくい――惑星の移住を考えるほどに危機的な――環境ではあるが、ロボットがほぼ無償で何でもこなしてくれるなら、外には出ずに快適な箱の中で生きることはできる。動くのは太陽光駆動の省エネ仕様のロボットだし、もはや収入の多少に価値はなかった。通貨の概念はあっても、それを利用する機会はほとんどないと言えるから。

人類は三世紀ほど前に、宇宙進出を断念した。明らかな失敗を経験したからだ。

世界中で研究や試験を多く重ね、高度で最新鋭の叡智を結集させた小型宇宙船を作り、当時新たに発見されたばかりの近距離にある惑星に、選りすぐられた六名の男女が赴いた。しかし一時期通信が途絶えており、それでも民間人には定期的に「ただいま順調に航行中」と取り繕って伝えられていて、実際には業界内での通称〈惑星移民計画推進機関〉と呼ばれる宇宙チームが大わらわだった。

しかし、三ヶ月ほど経ってから、突然通信が復旧する。宇宙チームは胸を撫で下ろしたが、一方的に帰還の通信を寄越すだけで、地上からの通信への返信はなかった。しかし、宇宙船の送信機器にトラブルがあっただけで、帰還が可能なのであれば幸いと、宇宙船帰還のニュースはリアルタイムで配信されることになった。

当時、御跡切糸杉《おとぎりいとすぎ》というロボット工学の研究生は、それを研究室の片隅で自分のデバイスを通して見ていた。同僚も各々見入っていて、誰もそれを咎めたりはしない。ロボット工学の分野は当時、宇宙チームとは権力争いのような状態にあって、相手が人類を丸ごと宇宙に移住させることを計画している一方で、彼らはロボットを普及させて地球の環境改善を進めたり、人体の機械化によって悪化する環境への適応を試みようとしていた。

地球を捨てるか、地球に残るか、という二大派閥だったと言えるだろう。

間もなく宇宙船が成層圏を突破したとのニュースが入り、遠くに青い光を放ちながら落下してくる物体を捉えた映像が流されている。着陸前の逆噴射で周囲の大小の砂粒が巻き上げられ、多少見えにくくもなったが、予定通りに赤道直下の砂漠地帯に着地したため、想定の範囲内であった。

地上に待機していた宇宙チームの関係者が、重い装備を身に着けてある程度まで熱の収まった宇宙船へ直行。なかなかクルーが中から出てこないため、強い重力によって意識を失った可能性を考え、外部から非常用の緊急ハッチを開けた。中の人物が見えるようにドローンカメラが寄った途端、すべての中継が途絶えた。中継を見ていた民間人はややざわついた。

それは現場にいた宇宙チームによる意図的な遮断であったが、数時間後に公式発表として配信されたニュースでは、クルーたちが宇宙から持ち帰った未知の物質による予期せぬ電波障害の発生だったと説明され、計画は無事完了、任務遂行を果たしたクルーたちは休息中とのことで、地球は沸き立った。

せっかくの生中継が一番肝心な場面でシャットダウンしたことで、その時は中でクルーが死んでいたからだとか、宇宙人の襲来を受けたのだとか、適当でいい加減に面白おかしく脚色された噂や憶測が流れた。

凡人は凡人なりに、放っておけばああだこうだと騒ぎ立てて、勝手に盛り上がってくれる。ネットワークを介して幅広い討論会が繰り広げられ、個人的な推測をレポートにして公開する者も後を絶たず、我先にと新しい情報が更新されていき、それを読んだ者が同意したり、反論のレポートをさらにアップした。

宇宙チームにとっては、それがわずかな目くらまし程度の時間でしかなくても、識者たちを集めて本物の議論をする余裕程度はできたことになる。任務完了の情報を出すことでさらに時間を引き伸ばし、捏造された喜ばしい表向きのニュースには人類全体が盛り上がって、販売店ではセールが行われ、飲食店では特別サービスが提供されるなど、本当にお祭り騒ぎだった。

しかし、真実を知る者は口を噤《つぐ》むしかなく、さらには現場に居合わせた関係者たちは、戻ってきた六名のクルーたちのことを、ゾンビだのキョンシーだの、各々の国で畏怖されている不気味な存在を重ねた。モンスター、バケモノ、コープス……それらはどれも正しかった。

彼らが表現したような状態ではありながらも、クルーたちは六名とも全員、生きてはいた。生物学的な意味では。心臓は定期的に運動しているし、呼吸もある。しかし、自ら動くことはできず、言葉を発することも表情を変えることもなく、その目は完全に瞳孔が開いていた。

これを〈生ける屍〉以外のどんな表現をすれば良かったのか。彼らは何も語らず、体内に埋め込まれていたはずの個体認識用の〈パーソナルタグ〉というデバイスも反応しない。動けないということは文字入力もできるはずもなく、つまりは彼らが実際に体験した出来事や感じた恐怖、そしてこのような状態になってしまった理由などは、誰にも知るすべがなかったのだ。ただ、ここまでの状態に陥ってしまうほどの大きな衝撃を受けたのだろうということだけは理解できる。

この宇宙船に乗るために選ばれた六名のクルーは、四つの国籍からなる男性四名、女性二名だった。その全員が当時の宇宙医学ですら解明も予測もできない症状に陥っていたため、まともにコミュニケーションが取れるはずもない。

ただ、一人のクルーが手にしていた紙片には、多くの解釈のできるメッセージがあった。

それはごく普通の紙にペンで書かれたものではあったが、当時の地球には既に紙はほとんど存在しなかった。資源が枯渇したせいで作れなくなったということもあるし、そんな時代遅れのアナログツールを最新鋭の宇宙船に乗るクルーが持っているはずもない。

紙にメモを取ったところで、すぐにデジタルツールに書き写して捨ててしまうようなものだ。そんなものをわざわざ使うということは、当時の社会人のステータスでもあった。

わざと取引先との用件を紙にメモして渡す。それは最上級の優越的な行為だった。先方には自社の経済状況の豊かさを示すことができるし、入社時には紙の手帳を一冊与えられる、というだけで求人倍率は跳ね上がるほどだった。経営難により、デジタルツールで甘いセキュリティシステム管理しかできないような中小企業の社員などは、妬みと羨望を交えて嫌味を言ったものだ。

「全部経費で落とせるからいいですよね」

「紙代の捻出のせいで、純利益は赤字なんじゃないですか？」

たかが紙切れだが、それだけの価値のある、骨董品のような入手困難な品だ。高精度な機器をフル稼働させて紙や筆記具を分析したところ、以前は一般的に流通していた地球上にあった紙と素材は同一だったという。使われていたインクにしてもそうだ。

そしてその紙片には、地球人にわかる言語が書かれていた。当時では既になくなってしまった国の言語を含めて十二ヶ国語を操り、同じ意味の内容が並べられていたという。

――これ以上そちらの惑星の外に干渉すれば、我々は容赦しない。この度六名の彼らを返却したことの意味を熟慮し、我々が争いを望んでいないことが正しく伝わることを願う。我々がそちらの惑星を滅ぼすことのできる文明を有していると信じるか否かは任せる。宇宙の秩序と平和を祈る。

その紙とペン、メッセージの内容は何を意味するのか？　識者たちは大いに悩み、言葉少なに検討をした。断言できるものは何もないし、できればこの紙片の存在すら認めたくないほどのものだ。怒号が飛び交うような議論の場になどなるはずもない。

少なくとも、あちらは地球の存在はもとより、そこに住む人類の持つ文化や言語まで知っているという明確な事実があった。ある一人の若い識者は「あっちは情報遅れなんじゃないですか？」

と言ったが、肯定も否定もされなかった。

「とっくに地球上には存在しない素材があったり、既になくなった国の言語でメッセージを記したり、つまり現在の地球の情報が遅れて届いているのではないか」

そういうふうに受け取りたい気持ちはわかるが、誰もそれを一笑に付すような真似はしない。ただ、憐れみの目線を向けるのみだ。

もしも彼が本気でそう考えているのなら、もうその場にいる資格はない。「有識者」とは呼べない愚かな見解でしかないからだ。あまりにも楽観的な希望的観測は、しかし彼の心の弱さが現実から目を背けたくて来るものだと、年長者は誰もが理解していた。

若くしてその大きなプロジェクトの識者枠に入るのだから、コネなどではなく本物の知識人である。彼をその席に着かせるためにした努力や根回しを考えれば、それを本当に愚者の発言だとは誰も思うまい。

しかしいくら有望で有能な識者であれど、一番若く経験も浅いという理由から、彼がデータのまとめ作業をすることは先に決まっていたことだった。もちろんその時も例に漏れず、彼はきちんと自分の役目を果たした。

そして一つ一つ的確に事実を追い、深めるたびに逃げ場のない真実を突き付けられ、これから人類が辿るであろう道が、聡明な彼には想像できてしまったのだ。それでも作業を途中で投げ出すようなことはしなかったのは、せめてこのデータだけでも誰かに託したいという気持ちがあったのかも知れない。

そうしてわずか数日で彼は膨大なデータをわかりやすくまとめ上げ、最後の一行に絶望を記して自死した。この案件が絡んだことによる、人類初の自殺者だろう。

目を背けたくなるような緻密なデジタルデータの末尾に、数行空けて書かれていたのは、短く拙い一文。


――Mankind will die.（人類は滅亡するだろう）

彼の死亡時刻に合わせて他の識者たちの端末に送信されてきたメッセージを読んで、年長者たちは息を呑んだ。

生ける屍のようになって戻ってきたクルーと、託された既に地球上にない紙と同じ構成物質に、なくなった国も含めた言語で書かれた同一のメッセージ。その意味するところ。

宇宙には、今の地球にはない資源がある。またはそれを生み出す科学力や技術が。

そして、地球のことを知っている。クルーが戻って来た時にはもう惑星は見えなくなっていたので、ステルス性能を備えている可能性が高いと思われた。ならば、宇宙戦争にでもなれば、到底地球の人類に勝ち目はないだろう。

若い識者の青年は、自分の小さな憶測やそれを裏付けるもの、否定できる要素がないことなども詳細に書き記していた。

遺された識者たちは、それでも何とか彼のデータに穴があることを証明したくて、あらゆる手段を使って戻ってきたクルーを精査した。

まず、宇宙人に何かをされた可能性を考え、全身をくまなくスキャニングしたが、何も異物を埋め込まれた形跡は発見されず、宇宙船にも何の痕跡もなかった。人類の指紋のようなものも、よく宇宙人と関連付けられて考えられている触手状のものが触れた跡や未知の付着物も、知性を持った植物の形をしていると考えて残りそうなものも、一切。

まったく何も見つからなかった。

そして、戻ってきた彼ら自身の人体構造物質はすべて人間と同一だった。細胞レベルで完全に人類と一致した。万一人間の姿に形を変えられる宇宙人がすり替わって戻ってきたとしても、そこまでできるとは考えにくい。

さらには念を入れて遺伝子レベルで詳細に調べたが、完全にそのクルー本人の特定個人を構成する唯一無二の個体であることまで判明する。六名の国籍も違う男女、すべて別人の遺伝子構造や既往症、歯の治療痕まで一致していたのだ。

もしもそこまで完全にコピーできる宇宙人が存在すると考えるか、戻ってきたのは飛び出して行った彼ら本人であり、宇宙のどこかで何かが起きてこうなってしまったと考えるかは、明確な正解がわからない以上は想像の域を出ない。

その場合、まともな精神状態を維持しようとする人間の脳や肉体は、自然と後者を選択するようにできている。永遠に正解の出されない問題が目の前にあり、しかしどうにか自分の中では回答しなければならない時、自分が壊れないようにそちらへ自然と傾くのだ。

データを読んで調査を進めた識者たちも同様だった。生身の肉体と精神を持った彼らも、ごく普通の人間だったのだ。

しかし、その素晴らしく正確で緻密に入念なデータをまとめ上げた若い有能な識者は、その高い能力が過ぎた故に、前者を先に認識してしまった。その可能性に思い至ったまま、そこから抜け出せなくなってしまったのだ。

地球外惑星に降り立つのは初めてだったし、宇宙人と呼ばれるモノとの接触も初めてではあったが、宇宙開発は数百年前から発展し続けている。新しい宇宙ステーションの建設や、何度も送った惑星探査機も、さまざまな情報とともに無事に回収もされてきた。

しかし。

もしかすると、地球は既に宇宙人に侵されているのではないか？　隣の席に座る彼も、家族だと思って接してきた彼女たちも、とうに別の異生物と入れ替わっていて、澄まし顔で自分を騙しているのではないのか？　いや、そもそも自分こそ本当に人間なのか？

ただ若い彼にできたことは、仮に人類が宇宙人と入れ替わっていたとしても、自分はここまで解明したのだと証明できるデータをまとめることだけだった。そしてもし、まだそれを読む者の中に本物の人類が残っているのなら、メッセージを託したいと考えた。

それが最後の一文だったのだ。

彼の末路を知ってから、そのデジタルデータを遺された識者が一同に会議室に集まって読んだのが不幸中の幸いだったのか、他の識者は誰も自死せずに済んだ。自然と「クルーが無事に戻ったことを喜ぼう」という流れに呑まれ、真相は暗黙の了解で希望的観測の方が採用された。

一人きりで秘密裏に情報収集をし、昼夜を問わず絶望に苛《さいな》まれながらデータをまとめていた若い彼と、全員で輪になってそのデータを読むことができた年長者たちとでは、拠り所の在り処が明確に違ったのだ。精神的な負担も、絶望的な闇も、すべてが。

そうして世間では盛り上がっている平凡な人類をよそに、クルーたちは秘密裏に完全に隔離され、検査の結果では身体的には何ら異常が認められないせいで、特に手を施すこともできず、食べるものも食べられずに肉体が衰えて朽ちていき、自然に生命の灯が消えるのに任せるしかなかった。

最後の一人が死んだ時、真実を知る関係者たちは全員が安堵の息を吐いたという。

六名という大人数の人間が死んだということに関して、安心できた最後の吐息だった。

そして宇宙チームは宇宙進出を断念し、環境の悪化する地球上で生き延びるための方法を模索する方向へと舵を切った。ロボット工学が台頭してくるのはここからだ。ただ、ロボット工学に否定的で、地球を捨てるつもりだった宇宙チームのメンバーの中には、ロボットであれば宇宙に対抗できる可能性があると考える者も一定数はいて、黒い目論見が完全になくなったわけではなかった。

御跡切糸杉は、二二〇〇年代の世界大戦の頃にはまだ卵にさえなっていなかった。父だか祖父だかが軍の上層部にいたため、当時妊婦だった母親は優先的にシェルターに避難できたのだが、長期に渡る食糧難での栄養不足と精神的な負担が重なり、その子供は流産している。大戦が終わって数年後に生まれたのが糸杉だ。

宇宙へ行っていた船が戻ってハッチを開けた瞬間に、デバイスが誰かの意図のもと、強制的にシャットダウンされたのだと彼にはわかった。未知の物質による電波障害などではなく、明らかに人為的な操作であることも。

ならば、と考えた糸杉は、当時まだ二十歳。生殖医療の発達した時代だったので、女性の出産可能年齢も大幅に上がり、活躍する分野も増えていた。結婚が遅かったため、糸杉の妻が子を授かるのも遅かったが、その時代では特に珍しくもない。むしろ後年から考えれば、まだ早い部類に入るだろう。

子供を産んだ後にたった三年で妻は倒れて帰らぬ人となった。発見が早ければ手の施しようもあったものの、研究にのめり込むあまりに糸杉は数ヶ月も自宅を留守にして研究室にこもっていたのだ。子供だけでも生きていたことを喜ぶべきだろう。

その子供、木蔦《きづた》は糸杉の研究所で放置されるままに勝手に育ったようなもので、そこらのデータを読み漁って適当に知識を身に付け、見よう見真似で父のようなことをしていたら、親の七光りもなしに立派なロボット工学者になった。

古い時代のとあるフィクションノベルには、未来を描いたロボットの有名な話がある。著者不明、もしくははっきりと断定できないとされるその作品の中で、ロボットに課せられる三原則というものがあったらしい。その不安定な知識を元に、確かに何かしらの規則を設けなければ危険だと感じた糸杉は〈ロボットに課すべき十ヶ条〉を制定した。彼が七十歳の頃の功績だ。

しかし世間一般には九ヶ条までしか認知されておらず、製作する機関のみに十ヶ条目が付されていた。一般的には「九ヶ条って半端だね」などとは言われつつも、特に関係がないこともあってか、「それ以上思い付かなかったんじゃない？」と受け流されている。

そして息子の木蔦が、人間がロボットを悪用することを危惧して制定したのが、糸杉が〈十ヶ条〉を制定した三年後に発表した〈人間に課されるロボットに関する五条約〉だった。

そうしてこの二六〇〇年代に突入し、もはや誰も宇宙になど目を向けず、自身の身体を機械化して延命することが当然の世の中になった。ロボット工学者は、人類の人口がロボットの数を下回ることのないように綿密に管理し、万能細胞で疾患や障害を改善させた。長寿社会にはなったが、出生率は横這い状態が続き、生殖医療は大変な発展を遂げてはいるものの、ゼロから人間を生み出すことはまだできずにいる。

ガシュ、と金属音を立てて着地した少年は、そのまま行く先も決めずに走り出す。

認可を受けた事業所に所属する有資格者にしか許されていない、ロボットの製作というものがバレたのだと彼は思った。白いツルツルの塊は、彼のペットロボットだ。

元来あらゆる機械を分解したり組み立てたりすることが好きだったこともあり、十二歳であの部屋を充てがわれてから、これまた無許可で部屋に改造を施していた。命を狙われるような心当たりはないが、面白そうだからといくつものトラップを仕掛けた。壁からピアノ線が出て、引っ掛かった機械の身体を真っ二つにできそうな物騒なものだったり、頭上から網が降ってきて歩みを止めたりという原始的なものから始め、ここ一年ほどは廊下が無限ループする仕掛けを作った。

しかし、人類には生まれた時から〈パーソナルタグ〉と呼ばれる個体認識用の小型のデバイスを体内に入れることが義務付けられている。それは事実上の出生届となるため、抜け道はない。当然ながら、少年の体内のどこかにもあるはずだ。ただ、そのデバイスは体内を流動的に浮遊する性質を持っていた。専門の研究者でもなかなかその小さなデバイスの現存する場所を特定するのは難しく、ましてや除去することなどできない。

そこには、プライバシーは何とか侵害してはいないと言い訳ができそうな最小限のデータが入っている。個体認識番号と個体名、外部デバイスに紐付けられたデジタルマネーの登録システムと位置情報程度で、緊急時でもない限りは通常使用されるのはデジタルマネー程度だ。

しかし今、彼は追われる身だ。当然位置情報システムが遠隔でオンにされ、捕獲される可能性が高い。

「やっぱり作っときゃよかったな」

少年は風を切って呟く。脇に抱えられた白いものは「だから言ってんじゃん」と呆れたように、だが愛らしい声で返し、ともかく自慢の脚で駆けずり回るしか方法が思い付かなかった。

少年は生まれながらにして脚の機能が弱かったため、不本意ながらも両脚は付け根から機械の義足になっている。出生時からの障害ということで、国が責任を持って無償で付け替えてくれたものだが、さすがに最低限の機能しかないチープなものだった。身体の成長ごとに何度も替えてはもらったものの、一般的な人間の脚の機能しか当然ない。

しかし十二歳で自立してあの部屋を充てがわれてから、彼は適当に自分の脚を解体したり組み合わせたりして、改造を重ねていた。ここまでやっていると、今追われている理由に心当たりがあり過ぎて困るほどだ。無資格者による機械の改造も軽くはない犯罪である。

「だってパーソナルタグを見つけられるようなシロモノ作るなんて、お前と違ってガラクタの寄せ集めじゃさすがに無理があるだろ。もうちょっとしたらどっかでコアのパーツが見つけられるかと思ってたんだけど、こっちが見つかる方が早かったんだよ」

「オレにはタグないから楽だなー」

嫌味っぽく言う白いものを、少年は一瞥をくれるどころかギリギリと睨みつけていたら、何か大きく柔らかいが弾力のある硬さもある、不思議な感触のものに当たった。

「どはっ！」

「おおっ」

どうやら大きな男らしかった。この弾力は人体だ。機械化されていない生身の人間の。

「わ、すみません！　大丈夫ですか？」

さすがに改造しまくった俊足でブチ当たってしまったなら、生身の人間なら大変痛いと思う。

少年も脚以外は生身であるため、ぶつかった上半身が痺れた。

「ああ、びっくりしたけどな。おかげさんで身体は丈夫だから気にすんな」

大きく口を開けてハキハキと話す声は、どこか耳に心地良かった。

その男は筋骨隆々だった。この時代、身体にちょっとした機械を仕込めば、見た目がどんなにひょろっとしていても、重機並みの怪力を持つことは造作もない。もちろん、見てくれを気にしてやや大柄な身体つきにしたり、見栄えを変えることはあったが、それでもここまで筋肉質には普通しない。重くなるし、この時代のセンスでは不格好なだけだからだ。

それならこの生身の身体は……相当に鍛え上げたような、昨今ではなかなか実物を見ることも叶わないような美しく繊細な肉体の持ち主は、何かしら理由があってこうしているのだと思った。どんな仕事をしているのか、どんな立場にいるのか、必要性まではわからないが、何でも気安く機械に頼らないと思われる姿勢に少年は好感を抱いた。

「それで、どうした小僧。たいそう急いでて、さらには困ってるみたいだな。俺が何とかしてやろうか？」

「え？」

「お前さん、追われてんだろ？　その脇に抱えたチビちゃんの件か何かで」

何故わかったのか、何をどうしてくれるのかと思ったが、パーソナルタグは多分既に位置情報を発信しているだろう。ここで立ち止まっている余裕はない。

「——希望はパーソナルタグをブチ壊して逃げること！　できますか？」

単刀直入に言った少年に、面白いものを見るような表情で微笑みながら、男は頷いて「追手はどれくらいでお前さんを見つけられる？」と訊いた。

「位置情報が発信されてたら、上空《うえ》からの監視も出ると思うんで、二分くらい、かな」

「二分はキツイなぁ。悪いが道具を取ってくるから、五分ほどそこら辺を駆けずり回っててくれないか？　五分後に——あー、空から映るとヤバいから、西側の廃墟街《スラム》で落ち合おう。場所はわかるか？」

「あそこ、俺わりと出入りしてるから知ってる。二番目に背の高いビルの二階なら」

「いいチョイスだ。じゃあ、しばらく走っててくれ。必ず行く」

どこの誰ともわからず、自分が一方的に脇見ダッシュで衝突した相手なのに、何故か「ちょっと靴紐が解《ほど》けてるぞ」くらいの容易さで請け負ってくれたのは、専門の研究者でも困難を極める上に、行き当たりばったりで身体を解剖するか、専用の大規模な装置を持ってくるかしか見つけようのないパーソナルタグの位置を特定することだ。さらにはそれをブチ壊すと正直に言ったなら、普通の人間なら逆に通報するはずだ。

もちろん、少年は自慢の嗅覚でその男の人の好《よ》さを嗅ぎ取って判断した。嗅覚は何も手を入れていない人間のものではあったが、彼の生い立ちのせいか、非常に鼻が利くのだ。危機察知能力に長けていることも含めて、どうやら身を護ることは得意らしいと自分でも思っていた。

「オイオイ、マジで大丈夫なのかよ」

「だったらお前、捕まって解体《バラ》されてもいいのか？」

「そりゃー嫌だけどさぁ」

再び駆け出しながら、今度は人とものともぶつからないように、しかし逃げている様子を見せるのも危険なので、ややペースが早めのジョギングといった体《てい》で迂回しながら廃墟街に入った。目的のビルは目の前だが、一直線には向かわない。さらに道を変えて回り道をして、五分かけて戻ってきた。

「まぁ、オレもテメーの判断は正しいと思うけどな」

実はそれは自分で走れるのだが、万一少年が追われている原因が白い物体の件でなければ、新たな罪が発生することになりかねないと思って、念のために走らせていないのだった。小動物ほどの大きさではあるものの、機械でできているため重量は七キロほどあり、両脚以外は生身の人間で、ろくに鍛えているわけでもない少年は、その七キロの物体を右に左に正面にと抱え直しながら、腕の負担を変えていた。

「もー限界っ！　五分経った？」

「いーんじゃねーかー」

ペットロボットには時計を内蔵してあるので、自分の左腕のバングル状の外部デバイスで時間を確認する必要はない。

「じゃ、行こう」

目指すビルに折り返して階段を駆け上がると、既にさっきの男が大きなアタッシュケースの上に腰掛けて待っていた。

「おー、お疲れさん。さ、バレないうちにちゃっちゃとやっちまおう。こっち来な」

少年は俊足でそのまま男に再び体当たりしそうな勢いで駆け寄った。

「そっちのチビちゃんは大丈夫なのか？」

「あ、無登録だから大丈夫です」

「はは、無登録は大丈夫の範囲か。面白いな」

言いながら男が立ち上がり、腰掛けていたアタッシュケースを開ける。取り出したのは、直径十五センチくらいのやや大きめの拡大鏡——のように見える何か。拡大鏡であればレンズが嵌め込まれているはずだが、見た感じではそこは何も入っていないように感じる。

男はそれ越しに少年をぐるりと見渡し「おお、ラッキーな場所にあるな」と言う。

「え？　それで見つかんの？」

「おう。俺もワケありなもんで、とっくに自分のデバイス捨ててるんでね。その時に使ったやつだが、素材は変わっていないらしい。左の二の腕辺りだ。……生身、だよな？」

やや控えめに言った男の言葉が何を意味しているのかはすぐにわかった。

「痛いくらいなら我慢できる！」

「オッケー。じゃあ時間もないし、ざっくりいっちまおう」

「うへー、どこまでざっくりいくんだ？」

やっと下ろされた白い物体は、他人事ではあるが、あからさまに面白がるように言う。

「うるさい！　お前絶対あとでブチのめす！」

しかし七キロの物体を五分抱えて走り回っていたおかげで両腕が痺れていて、実はほとんど感覚はなかった。少年と小動物まがいのロボットが睨み合っている間に、男は軽く背を叩く。

「ほい、おしまい。これ、捨てる？　焼く？」

「うわ、もう出してる⁉　はっや！　いや、死んだことになるけど、まぁ仕方ないんで燃やしてください――て、あれ？」

「じゃあ遠慮なく」

ポイと空いたスペースに血の付いた小さなチップを放り投げ、電気が主流のこの時代には一般人は火の気のものなどなかなか持てないのだが、不思議な拡大鏡もどきの入っていたアタッシュケースには瞬間着火器具もあり、簡単にそれは燃えた。

基本的に、爆破や火葬などがしやすいように、タグそのものは火に弱くできている。一般人が火の気の類を持っているはずがないということも、セキュリティ保護の一環のようだが、どうやらこの男はただの一般人ではないらしい。

「さて、これでお前さんは死んだ。うーん、人助けのつもりが、人殺しになっちまったなぁ。ひとまずウチ来るか？」

「え？　いいんですか？」

「いや、さすがに俺もここで『じゃあ元気でな』なんてお前さんを放って帰れないだろう。安心しな。俺もお尋ね者みたいなもんだから、隠れ家を用意してる。タグのある奴はさすがに連れて行けないが、今のお前さんならオッケーだ。どうする？」

「行く行くー」

一応気兼ねして躊躇する少年をよそに、ペットロボットが気怠く嬉しそうに応えた。

「おま、勝手に決めんなし！」

「えー、だってじゃあ、オレたちこれからどうすんだよ。オレはなんとかなっても、テメーは人間だしよ」

それは確かにそうである。ロボットは太陽光さえあれば稼働できるが、人間は内臓を機械化していない限り、食べるものも必要だし、睡眠もとる。いくらパーソナルタグを捨てても、一人の人間が外の世界で生き残るのはそう簡単でも楽でもないのだった。

　ううう、と少年はペットロボットの正論に唸りつつも、結局は折れた。

「……お願いします……」

「素直でいいぞ。じゃあ、抜け道があるからそっちを使おうか。ついて来い」

　アタッシュケースを軽々と担いで男は歩み出す。大きなケースだから、他にも何やらいろいろと入っているのだろう。少年がふと自分の左腕を見ると、ほとんどわからないほどに小さな切傷を縫い合わせた痕だけがあった。不思議と痛みはない。痺れはとっくに消えたのに。

「俺もなぁ、タグ外して日陰者生活やってるんだよ。で、隠れ家の他に別の家を用意して、適当なパーソナルタグを作って入れ込んで身に着けて、普段外に出る時は他人になりすましてるんだ」

　なるほど、この男自身が死んだことになっていても、生身の身体を持つ人間が表を出歩いていれば、買い物もするしカメラにも映るだろう。タグのない人間は違法だ。すぐに見つかって罰せられるのは、未成年の少年ですら知っている常識だ。

「今はダミーのタグはそっちに置いてあるから、〈その人物〉は自宅にいることになってる。で、本物の俺はタグなしでこっそりと隠れ家へ帰るわけさ」

　饒舌に、だがあまり気軽に他人に話すべきこととは思えない秘密を、男は容易く世間話のように口にしている。

「あのー、そんな重大な秘密、初対面でどこの誰かも知らない俺なんかに言ってもいいの？」

人間、さらには年長者とのふれあいの経験がほぼない少年は、敬語は不得意だ。これでも普段よりは穏やかに、おとなしめに振る舞っているつもりである。しかし男は気に掛けるふうでもない。

「そりゃあお前さん、そっちこそぶつかった見知らぬ男にタグを外してくれなんて言う突拍子もないお願いをするような子供が、まさか俺をどっかに突き出すとは思わないだろう」

「うぐ」

確かにそうだった。同じ穴の狢ということか。

「まぁ、そうだけど」

地下に降り、しばらく薄暗い狭い通路を進んでいくと「ちょっと待ってな」と男は一旦天井にある蓋のようなものを開け、アタッシュケースを投げ入れた。そこが男がなりすましている別人の家の中にでも繋がっているのだろう。

蓋を閉じてから再び進み、いくつか分かれ道を右に左にと折れてから、ようやくまともな階段のようなものが現れた。

「はいどーも、お疲れさん」

それを上るのかと思いきや、男が左側の壁に手を当てると、そこがスゥッと音もなくわずかに浮き、スライドした。階段はフェイクらしい。

「ようこそ我が家へ、なんてな」

はっはっは、と悪戯っぽいが豪快な笑い方で声を響かせ、スライドした壁の中に入る。少年がペットロボットとともに足を踏み入れた途端、背後でまた音もなく出入り口が閉じる気配がした。

目の前に広がっているのは、見たこともないようなハイテク機器が並べられた研究所のような施設だった。ここの研究員なのだろうか？

「ま、こっちに来て座りな。走り疲れただろう」

「いや、俺は別に……」

「脚は大丈夫なんだろうが、呼吸器は人間の身体だろう？　ギャップがあると、年を食った時に『あの頃は無理し過ぎたなぁ』なんて反省しても遅いぞ」

少年はハッとした。脚。何故義足だと？

「何を不思議そうっていうか、疑惑ありげな目で見てくれるなよ。そりゃお前さん、あんだけの衝撃で俺にぶつかっておいて、自分すら脳震盪起こしかけてたくせに、生身の人間です、なんて俺には通らんぞ？」

やはり研究員か学者だろうか？　見た目からはまったくそんな知的な雰囲気はないが、自分の椅子らしきものにかけてあった白衣を羽織ると、突然それらしくなった。医者にさえ見える。

かく言う少年は、動きやすさ重視でダラダラするのに都合がいいため、緩いスウェットパンツにヨレヨレのシャツを着ているだけだ。四季がなくなり、年中真夏で世界中の平均気温が46℃という劣悪な環境では、おしゃれも何もあったものではない。

もちろん、一般的な若者の中では鮮やかな一枚布を身体に巻き付けただけの不思議なファッションが流行《はや》ったり、下着なのか水着なのかわからない最低限の着衣で過ごす者もいる。季節感のない袖丈のある服を着ているのはロボットだと思って間違いないだろう。

大抵の人間が薄いシャツと半ズボンなどの最低限の布で過ごす中、若い少年が長いスウェットを履いているのは、改造し過ぎて表面のテクスチャーが手に入らないせいで、機械が剥き出しの脚を隠すためだ。自分では気にしてはいないが、他人が見るとどうやら不快らしいと知ってからは、一応気を付けている。

「オッサン、研究者なのか？」

白いペットロボットが単刀直入に訊く。少年以外の人間とも、他のロボットとも接したことがないため、遠慮も何もあったものではない。

「おま、もうちょっと控えめに！」

製作者も教育者も自分であると自認している少年は、何となく保護者のような気持ちで気恥ずかしくなる。

「ははは、構わんさ。俺は一応ロボット工学者だよ。天才級のな。で、ここは俺の隠れ家兼研究室だ」

「うおー、すげー」

「チビちゃんは外を見たことがないのか。まぁ、無認可未登録ならそうだろうな」

「あ、あの、すみません。取り敢えず自己紹介します。俺は以呂波《いろは》セレンって言います。こいつはキャロット」

「ああ、俺は望月金剛《もちづきこんごう》だ。金剛って呼んでくれていいぞ。オッサンは淋しいからなぁ」

「オッケー、コンゴー」

キャロットと紹介された白いペットロボットは、金剛に気安く打ち解けている。ロボットであるキャロットもかなりの危機察知能力を備えているが、いくら初めて直接会話をした人間とは言え、こうもすぐに懐くとは。それほどこの男には裏表がなかった。

「以呂波ってことは、お前さん、施設出身か？　で、養親もナシ、と？」

「はい。まぁ、養親の件は俺が断ってるってこともあるんだけど。十八までなら国から援助が出るし。あ、でももう死んだことになったのか俺⁈　じゃあ残りの分、もらい損ねじゃん！」

自分で言いながら事実に気付いたようで、セレンはわなわなと表情を変えた。金剛はおかしそうに肩を揺らす。

「何だ、まだ未成年か。確かに童顔だが、だからこそ意外に二十歳そこそこかと思ったけど」

「十七です！　誕生日までのあとちょっと分、まだ残ってたのになぁ〜。まぁ、あそこで捕まってたら結局罪人になるわけだし、援助の打ち切りも確定だから、結果は同じかぁ」

脱力して勧められた椅子に腰掛け、がっくりと肩を落とした。

「メシ……」

「うん？」

「腹減った……朝食ったきりだから」

それはあからさまに「何か食わせろ」と言っているようなものなのだが、セレンには悪意などまったくない。ただ自分が感じたことを口に出しただけで、だから言ったことに後悔も反省もない。

確かに、脚は改造を施した義足だが、呼吸をすれば息は上がるし、七キロの物体を持って走り回っていたのだから、相応の体力は使う。年齢的にも生身の人間なら育ち盛りだろう。空腹を訴える気持ちは素直な欲求だった。

「そうだな、じゃあ何か作ってもらうか。ちょっと嫁に連絡するから待ってな」

「嫁⁉」

セレンとキャロットは口を揃えて驚いた。金剛は左腕に付けたバングル型のデバイスに話し掛け、「悪ィ、メシ多めに作っておいてくれないか？」と用件だけを伝えていた。

「お、奥さん、いるんですか？」

「おいおい、俺に嫁がいたらそんなに驚くか？　淋しいなぁ」

「いや、そうじゃなくて、何かびっくりした」

「驚いてるじゃないか」

「あ、ホントだ」

セレンはあくまで純粋で、自分でもきょとんとした。

「バーカバーカ」

　キャロットはおかしそうにぴょこぴょこ足元を駆け回ってセレンを罵っている。

「うるせぇ、踏んづけるぞ」

　本当に機械の脚で踏まれれば、小動物サイズのロボットでは勝ち目が薄いと思ったのか、キャロットは瞬時に金剛の椅子の背後に回り込んで避難する。よほど気を許したらしい。

「セレン、か。日本人だろう？　珍しいって言われるんじゃないか？」

「名前言うと絶対最初はそっからだね。名字も以呂波だし、『ザ・捨て子！』みたいに思われてるみたいだけど」

「そりゃひどいな」

「まぁ、俺も自分がどっか変だってわかってきたし、学苑でもみんな俺のこと変な奴って言うから、別にどうでもよくなってきたかな」

　素直にそう思っているようで、セレンは卑屈さの欠片も滲ませない笑顔で返す。

「達観したか？　それとも諦観か」

「難しい言葉使わないでー。ただ俺、あんまり他人の言うことって気にならないんだよね。言ってることはちゃんと聞くし、自分なりに解釈して受け入れるんだけど、それに対してどうこう反論することってほとんどないよ。興味ないから」

　金剛はやや目を見開いて、セレンの本当に何の気もなさそうなぽかんとしたあどけない顔を見た。

「俺、生まれた時から以呂波の施設にいたから、まるまる十二年間ロボットに育てられたようなもんなんだよね。知ってる？　国立以呂波養成学苑施設」

「一般人レベルでなら」

〈国立以呂波養成学苑施設〉というのは、私生児収容施設の国営団体だ。学苑長こそ人間ではあるものの、教育や身の回りの世話をしてくれるのはほぼすべてロボットで賄っている。衣食住を確保して、教育とは言っても簡単な読み書きや計算を教えてくれる程度で、一歳未満の乳児までしか受け入れないことになっている。母親が妊娠した時から申し込みを受け、出産後は引き取って十二歳の誕生日までは無償で養育してくれるという、聞いただけならとても好感の持てそうな施設だ。

しかし、十二歳の誕生日が来ると、パーティの開催どころか荷物をまとめて追い出されるという無情なところでもある。だがもちろん国営団体であるため、それから先は勝手にしろ、というほど無慈悲ではない。その後の住居や給付金などの援助の申請もしてくれるし、十八歳までなら ば准保護者として相談に応じてくれたりもする。十五歳を過ぎれば好きな場所に住めるようになるため、保証人代わりの印籠にはなった。

大抵の場合、「これだから以呂波出身の私生児は」という偏見を持たれてはいるものの、「こいつが何かやらかしても以呂波が、つまりは国がなんとかしてくれる」という意識もあるため、成人とされる十八歳までならこの印籠はある程度は使い物になるのだ。

「あそこって変わってるよね。産まれて間もない赤ん坊しか受け入れないんでしょ？　私営の施設と違って、確実に親は引き取りに来ないっていう前提だから、退所する時も何も教えてくれないんだよな。まぁ大抵は養親ができるんだけど、俺は何かそういうのって好きじゃなくてさ。親が俺を以呂波に置いて行ったのも、きっと何かしらの事情があったんだろうと思うし、俺の名前だけはちゃんと付けてくれたからね」

「その変わった名前をか」

「そ。でも俺、ちょっと前に調べてみたんだよ。まぁ以呂波は親の情報は絶対に教えてくれないし、知ったところで俺もどうするわけでもないけどさ。母親は自死したっていうのだけ聞かされた。いつどこでどうしてどうやって、とか、埋葬先なんかは当然教えてくれないけどね。もう二度と会えない人から、唯一もらったのがこの名前だからさ。俺は好きだよ」

「いいんじゃないか？　それで、調べて何が出た？」

セレンはあくまで穏やかに話し、金剛も口角を上げて聞いている。既にその話は知っているキャロットは、室内をちょろちょろと歩き回っていた、長い垂れ耳が床に付きそうで付かない。愛らしいが明らかな短足。ウサギなのかネコなのか、実物がもう存在しない以上、何を参考にこのスタイルのペットロボットになったのかは傍《はた》から見れば謎だ。

「難しいことはよくわかんないけど。元素の名前なんだって。そんで、ヒトの必須栄養素って書いてあった。みんな身体を機械化してるから、今じゃもう必須じゃなくなってるのかもだけど、ヒトが生きるには絶対に必要で、自然界にも広く存在してるらしいよ。これも実際今はどうだか知らないけど。でも面白いんだよね。微量ならヒトには欠かせないのに、必要以上に摂取し過ぎると毒性が強いから危険なんだって。『要注意！』って感じでさ、俺にピッタリだって思った」

「ははは、なるほどね。いい名前じゃないか。よく考えてくれた名前なんだろうな」

「うん、俺はそう思ってる。だから誰にバカにされても気にしない。名前は親が最初にくれるプレゼントだって言われたし、敢えてカタカナで名前付けるくらいだから、嫌がらせじゃなかったら、それってすごい大きな愛情だよね」

ふふ、とセレンは嬉しそうに笑った。嫌がらせであるわけがない、と信じているのだろう。

憎いなら産まなければいいし、名前なども適当に施設に任せればいい。実際、セレンが施設にいた頃には「イチ」とか「ロク」とか「ジュウゴ」と数字で呼ばれている子供もいたのだ。彼らは親に名前をもらえなかったのだろう。たった一つの贈り物さえもらえなかった子供たち。それでも養親が現れることはあり、後から立派な名前を付けてもらっている場合も少なくない。

セレンはもともと他人と接するのがうまくないため、養親が名指ししてくれることは少なかったし、見た目は可愛らしいのに思ったことをそのまま口に出してしまうため、指名された後に破談になったこともしばしばあった。故に、十二歳の誕生日に施設を出ることになった時も、国と施設の援助を受けながら自由気ままに一人で暮らしていける喜びの方が遥かに大きかったのだ。

「しかしお前さんは、そのチビちゃんをいつ作ったんだ？　まさかあの以呂波で、ロボット工学なんか教えないだろう？」

　ロボット工学の権威である御跡切糸杉の肖像画が施設内の多くに掲げられ、教育内容もその偉業を讃えるものが多かったのは事実だが、だからと言って学苑がロボットの製作者を養成しているわけではない。教育しているのがロボットであるということもあり、どちらかと言えばそこに向かわないようにしているような趣旨が窺えた。

「うん。でも俺の脚がコレだからさ。退所したらメンテナンスに通うのも面倒だし、一応基礎的な手入れ方法だけは教えてもらってるんだよね。だから、多少は機械に詳しい」

「多少の知識でロボットが作れるとは思えないんだが」

「うーん、そうだなぁ。やったらできた、って感じだから、よくわかんないや」

　身も蓋もない言葉で結論付けて、セレンは愛嬌のある笑みを浮かべて「へへ」と頭を掻く。

「そりゃあすごいもんだな。お前さんがそいつを作ったのはいくつの時なんだ？」

「えーと、十二？」

「十三じゃねーのか？」

　自分のことに話が及んだと気付き、キャロットが戻って来て早々話に食いついた。少し考えたセレンはがっしりとキャロットを捕まえて膝の上に置き、首を横に振る。

「ちげーよ！　十二の誕生日に施設を出されて、あの部屋に連れて行かれるまでにガラクタ置き場とかのチェックして、スクラップ工場の場所や侵入経路を調べてからパーツ集めて、二日後から作り始めて十三になる日の前の夜中にできあがったから、まだ十二のうちだ！」

ペシペシとキャロットの頭部を叩きながらセレンはしっかりと思い出す。

「ほぉ、じゃあ実質三六二日で作ったってことか？　すごいな」

「わ、すっげ、計算はえー」

「いや、テメーがおせーんだよ」

尊敬の念を込めて言うセレンに、キャロットがまた茶々を入れる。「うるせ！」とセレンはキャロットをガッチリ抱き締めてホールドする。

「お前が早く計算できんのは、俺が成長型ＡＩを組んでやってるからだろうが」

そんな仲がいいのか悪いのかわからないヒトとロボットに、金剛は微笑ましく思いながらも驚く。

「おいおい、まさかお前さん、計算は苦手なのか？」

「しょうがねぇじゃん。以呂波の施設じゃ、最低限の学習しかさせてもらえねぇし」

「で、その低い計算能力で、しかも十二でこんな高性能ロボットを作ったって？」

金剛はキャロットをじっと見つめる。キャロットも何とはなしにじっと見返す。漆黒の闇のような呂色は、かなりのセンサを集中させているせいだろうか。

セレンは特に無感情な声で、「別にぃ」と言う。本当に謙遜しているわけではないらしい。

「そんな高性能でもねぇよ。最初に作った後から何回も少しずつヴァージョンアップさせてる最中だし、現状でまだ完成品とも言えないし」

「じゃあ、設計図も描かずに作ったのか？」

「設計図？」

きょとんとするセレンに金剛はさらに驚いて、その感情を天を仰ぐような仕草で表す。

「例えばそいつの耳の長さをどれくらいにするとか、そういうのを図や数式にしたものなんだが」

言いながら、机の上に積み重なっている紙を適当に取り上げる。それは本質的には紙ではないのだが、デジタルデータではなく破棄するにも便利な素材で作られた、望月金剛の自作物だ。筆記具も同様である。

こういうの、と数枚を手に取って見せてみる。線や数字が細かく記されているが、それだけではセレンには何のことやらさっぱり理解もできない。

「そんなの、描いたことない。描き方もわかんねぇし、そもそも読めないし。こいつはそこらの拾いモンのガラクタの寄せ集めで作ったから、両方の耳の長さが揃ってるだけでも喜んで欲しいくらいだな」

「耳の長さは普通揃ってるモンだろ⁈　そんなんで喜べるかってーの」

はらり、と手にした設計図を手放し、怒って言い返すキャロットにも金剛は苦笑いする。

「ははは、まったくもってお前さんは規格外だな。想定を遥かに超えてくる」

「それ、俺褒められてる？」

「褒めてるよ」

「ならまぁ、さんきゅーな」

膝の上の白いツルツルの、垂れ耳短足小動物型ペットロボットをセレンは撫で回す。ロボットに快楽を感じるセンサを付けるか否かは製作者や依頼者の好みだが、一見しただけではキャロットはどうなのかわからなかった。ただ、セレンにそうされるのが好きで、セレンもそうしていると落ち着くのだろう、ということだけは明確だった。そこには主従関係ではなく、対等な友情があるようにさえ見える。

「それで、名前はどうやって決めたんだ？」

興味深そうに金剛は問う。

そもそも、この時代に生きた動物をペットとして飼うことはできないし、公営の設備で繁殖させられる食用の家畜以外は、動物はほぼ絶滅した。環境が悪化して劣悪なまでの暑さになったせいで、もともと高温に弱い動植物は淘汰されたのだ。かと言って、暑さに強い種が台頭してきたわけでもない。海では水温の上昇のためにプランクトンが死に、それを食べる小魚が死に、さらにそれを食べる……というように、海の生き物も死に絶え、珊瑚は白化し、人類が工場から垂れ流していた、枯渇する前の油分で汚染されていた。

陸上の生物も同様だ。専門家の研究によると、地球が太陽に近付いているらしく、気温の上昇は人類がいかにエコロジーな生活に転じようとも、悪化の一途を辿るのは免《まぬが》れないという。それ故の三世紀前の宇宙進出だったのだ。地球を捨てて他の惑星に移住する計画。太陽に引かれる地球を止めるすべがないのなら、人類がそこを捨てるか、人為選択的に人類の肉体の強化を図るかで意見が別れた時だ。

結局、宇宙で出会ったと思われる未確認生物の存在により、人類はほぼ強制的に地球に残る選択肢を取るしかなかった。

「んー？　ネコって名前もまんまだし、英語ではキャットっていうらしいんだけど、それも結局そのまんまだなって思って、ちょっと捻ってみた」

「それだけか？」

「まぁ、適当に付けたっぽくてアレだけど、俺にしては結構真面目に悩んだんだよ」

ぐいぐいとキャロットの長い垂れ耳を左右に引っ張って、名前が大切なことは知っていると言いたいようだった。しかし金剛は大笑いする。

「はっはっはっ、そいつぁネコだったのか。俺はてっきりウサギかと思ったな」

「え？　ネコに見えない？　アーカイブで昔のペットのカタログ見て可愛かったから、この形にしたんだけど。脚短いやつ。尻尾も長くて、横顔がこう、しゅっとしてかっけぇの」

腹を抱えて笑う金剛は、片手でセレンを止めた。それ以上言われると、笑い過ぎて話ができなくなりそうな気がしたのだろう。

「いやー、確認しといて良かったな。そうかそうか、ネコなんだな。長い垂れ耳は〈ロップイヤー〉って言って、ウサギの掛け合わせの品種なんだ。確かにその部分以外はネコっぽいが、何しろその長い垂れ耳があまりに印象的でな。ネコかウサギか、訊くのを迷った」

「マジかぁ？　アーカイブでいろいろ見たけど、何か頭ン中でごちゃ混ぜになったのかな」

セレンはキャロットの耳をまた垂らし、今度は上から撫で付けた。される側は慣れているのか、おとなしくしている。七キロの塊なので、セレンの両脚が機械でなければ載せている方がすぐに音《ね》を上げただろうが。

「それじゃあ、えらい偶然なんだな。ウサギの好きな食べ物はニンジンだと言われていて、まぁ実際は与えりゃ何でも食うんだろうが、ニンジンを英語にすると、キャロットっていうんだよ」

「へぇえ？　マジで？　うっわ、俺すごくね？　超フィーリングじゃん！」

「テメーがテキトーに付けた名前が、たまたまオレに当たっただけじゃねーか」

「うるせぇ、きっと俺はいろいろ読めるんだ。へっへー、キャロット、やっぱりいい名前じゃん♪可愛いなぁ」

「可愛い言うな！」

親バカというか、セレンはキャロットと暴言の応酬をするわりには、とても大切にしている。部屋にパトロール隊が来た時も抱えて逃げたし、〈生き物〉だと思っているので荷物のようにバックパックに入れたりもしない。今だって膝に載せて撫でているし、自分が初めて手掛けたロボットであるからという理由以上に深い絆がありそうだった。

「そうかそうか、まぁお前さんのすごさは十分わかったよ。またおいおい話を聞かせてくれ。取り敢えずメシの準備ができたみたいだから、キッチンの方に行こう」

「キッチン？　あるんだ？　こんな時代に」

「そりゃあるところにはあるさ。体内まで機械化してない人間は、ものを食べないと生きていけない。サプリメントでの効率的な栄養摂取でもいいんだが、俺は味覚を大事にしたい古い人間でね。お前さんは、あんまり食わないのか？」

「いや、食う。だってサプリメントじゃ腹膨れないし、食べたっていう満足感ないじゃん？　けど、国の支援の限度は決まってるから、まぁ味はあんまり気にしないかな」

「ほほぅ。うちの嫁の料理は美味いぞ。一度食べたら病み付きだ。まぁ、久々のごちそうだと思って期待しているといいさ。チビちゃんはいつもどうしてるんだ？」

「あー、こいつはバッテリーだけで大丈夫。自分の生活の余裕ないのに、そこまで食わせてやれねぇもん」

「そう言えばそうだったな」

施設出身だったことを思い出したのか、金剛は片手を挙げる。すまん、と口に出すのは敢えてやめた。

「ただここは地下のかなり深いところだから、太陽光を浴びるのは難しい。それ用の疑似太陽光を浴びれる施設もあるから、あとでそこを使うといい」

「えええ？　マジかよ。あんた、天才なんだな」

「ああそうさ」

自慢気ではなく、むしろ自嘲的に金剛は苦笑いを浮かべる。

「まったく謙遜しないんだ？」

「はは、天才なんて別に謙遜するほどのことじゃないだろう。俺は天才なだけで、他には何の取り柄もないしな」

「天才って、それだけで十分な取り柄に溢れてるってことだと思うけど」

セレンは思ったままに言う。キャロットが片方の垂れ耳でパチンとセレンの手を叩いた。ペットのロボットにさえ「もうちょっと気を遣え」とたしなめられている。

「だったらこんな地下施設でこそこそ隠れて研究なんかしてないさ。タグも外して死亡者扱いになってまでな。口下手で常識を逸脱した天才は、凡人から見りゃただの変人と同じだ。平気な顔で嘘八百を吐ける頭の悪い詐欺師の方が、よっぽど世の中じゃ成功するだろう？　天才が難しい言葉で過酷な現実を突き付けるより、優しい嘘をわかりやすく信じさせてくれた方が、聞いてる方も楽なんだろうよ。誰だって、自分が理解しやすい理想を信じたいもんさ」

その言葉に何となく共感できたのは、セレン自身もまたあらゆる場面で変人扱いされてきたからかも知れない。

施設では問題児、施設を出て総合学習校である〈国立以呂波学苑育成学習苑〉という、実質的には中学・高校に当たる学校に進んでも、クラスでは浮いた。名字が以呂波のままであることや、セレンというカタカナの名前。弾かれるには十分な要素があった上に、セレンは思ったことを裏表なく素直に口に出すせいで、相手を不快にさせたり怒らせることもたびたびあった。ただ、セレンには何故相手が不機嫌になるのかがわからない。

するとロボットに育てられた奴」というカテゴリに入れられ、人間とは意思疎通できないものとして好んで関わり合う相手もいなくなった。セレンもそれを望まなかったというせいでもある。

そんなふうな、何故だかわからないけれど誰にも理解されない気持ち。その歯痒さや、自分の表現の未熟さを悔やむ気持ちも、また。

「大昔は世界で、言葉や目や髪や肌の色、信じる宗教が違うってだけで戦争をしてた。小競り合いやクーデターや大戦。自分じゃどうしようもないような外見や生まれた国、個人的な趣味嗜好に過ぎないことまで理由にして争いたがるのが人間だ。どうしようもないほどの戦闘民族なのか、自己顕示欲が強いんだか知らないが、そもそもは人類同士っていう大きな共通点があるっていうのにな。ほんの少しの相違も許容できないのは、弱さの証拠だ。しかし、宇宙にいるという人類よりも高度な文明を持つらしい生命体の存在を認識した途端、地球は平和になった。何故なら、〈人類ではない〉という、理解不能で何より超え難い大きな相違点を持った相手がいると知ったからだ。それが今から約三世紀前。遅過ぎるにもほどがあるよなぁ、気付くのに」

のんびりと金剛は自分の生まれる前の昔話を、まるで見てきたかのように語る。

「地球上は表向き平和になったが、異分子を排除したくなるという感性が消えることはないんだろうな、未熟な人類には。だから今度はこぞって宇宙の未知の生命体を敵視することで、地球人は一見一致団結を果たしたように見えてる。裏側や水面下で何が動いているのかは、俺たち末端の人間にはわからんがな。ただそれは真の平和じゃないんだろう。人類が宇宙進出からロボット工学の分野の強化にシフトしたのは、悪化する地球環境の中を生き延びるすべでありつつ、宇宙戦争をする準備でもあるんじゃないかと俺は思ってる。機械のパーツは替えが利くし、強固な宇宙船なり宇宙でも大きな効果を発揮できる兵器なんかも開発中なのかも知れない。今度は宇宙を相手に戦争を始めるさ。いつになるのかは知らないが、できればそんなおっかないことは、俺が死んでからにして欲しいもんだがね」

さぁ、と金剛は立ち上がる。左手首のバングル型デバイスがさっきから震えているのは、食事の準備ができたという報《しら》せなのだろう。呼びかけの間隔が徐々に縮まってきていることは、セレンも気付いていた。

「まぁ、あとはメシでも食いながら話そうや。俺の嫁も紹介するよ」

「あ、はい」

「うーい」

セレンも立ち上がり、キャロットもセレンの脚から不器用に飛び降りて金剛の後を追う。二枚ほど扉を抜けると、先ほどの研究所めいた部屋よりも広いリビングらしき部屋があった。

×××

「エクス・マキナが来たらいいのに」

「エクス・マキナって？」

「機械仕掛けの神様。デウス・エクス・マキナが男の神様で、女神はデア・エクス・マキナ。大昔、お芝居なんかで最終的にグダグダになっちゃって収拾がつかなくなると、必ず機械仕掛けの神様が出てきて丸く収めてくれたの。神様にしかない力でね。ご都合主義過ぎてお芝居はつまんなくなっちゃうけど、最後には大団円にはなる」

「へぇ、都合のいい時にだけ出てくる神様か。胡散臭くて面白いじゃないか」

「そうでしょ？　都合のいい時に、都合のいい解決策でまとめてくれるの。世界がこんなにぐちゃぐちゃになってしまったんだから、今こそ現れてくれてもいいのになぁ」

「機械仕掛けってだけなら、あちこちにいるけどな」

「でも神様はいないみたいね」

「俺も見たことないね。いないなら、作ればいいんじゃないか？」

「じゃああなたにお願いしておくわ、天才様。いつかの日のために」

「いつかの日？」

「ええ。私たち三人が結ばれていた証が残るようにね。そしてその中心にあなたがいたことを忘れないように」

「不吉な言い方をするもんじゃないぞ。いくら神様を作るったって、俺たちは所詮人間なんだからな」

「そうね。ヒトは神様にはなれないものね。エクス・マキナは世界を救うかしら？」

「救ってもらえるように作ってやるさ」

「それは私のために？」

「さぁ、どうだかな」

「もうっ、いつも適当にあしらうんだから。いつか後悔するわよ？」

「それは勘弁願いたいけどな」

「どうかしらねーっ」

ヒトは一度しか死なないのだから

第二章

サーチライト・フォー・ユー

「嫁？　嫁というのは、つまり奥方」

「わぁ、製作者が俺なせいか、古臭い言葉を知ってるなぁ。ま、つまりはそういうことだよ。構わんだろう？」

「しかし、人間とロボットの婚姻関係は認められていないのでは？」

「俺がいつお前さんに五条約を入力したっけな？」

「されてはいません。ただ知識として与えられただけです」

「なら、問題ない」

「バレなければ何をやってもいいと思っているでしょう？　あなたはそういう人ですね」

「俺はバレても構わないけどな。別に誰が困るわけでもなかろうに。何でそんな内容が条約に制定されたのかがわからん」

「命令なら従います」

「命令はしないって言ってるだろう。自分の好きに決めればいいさ」

「あなたはそれでも私を〈嫁〉と言うのでしょう？」

「俺はそうしたいと思ってるからな」

「それならば、私は同調しますよ。私の意志で、です」

「おお、やっぱり従順な嫁はいいなぁ」

「尻に敷きますからね」

「またそんな古臭い」

「あなたのせいでしょう。私は主人を立てませんよ」

「あらあら、理想的な嫁だわ」

×××

「うっわ、広ーい」

セレンは以呂波の施設で充てがわれた個室以外は、今朝まで自分が住んでいた部屋しか人間の住まいを知らなかった。知っているのは学苑や役所などの公営の場所だ。それに、さっきまでいた研究室めいた場所は、書類や機器が雑多に置かれてあって、本来は広いのだろうが、そこまで壮大さを感じることもなかった。

が。このリビングは、セレンの知っているもので言うなら、ガラス窓から覗き見たことしかない高級なレストランのように、無駄がなく整っていて、美しく磨かれていい匂いがした。

そこでふと、左側に掛けられている鈍い金色の額縁が目に入る。案外大きなもので、少し丸まればセレンでさえ収まりそうだ。

「あ、コレって何？　アートってやつ？　金持ちの無駄遣いの象徴」

金剛を揶揄するつもりはまったくないのだが、セレンは軽く訊く。金剛も気にする様子はなく応えた。

「おお、アートっぽく見えるか？」

「いや、さっぱり全然わかんないんだけど、理解不能なカッコ良さって感じかな？」

「じゃあ、どんなふうに見える？」

「んー、適当に千切った色紙を乱雑に置いて、手足に色を塗り付けた子供や動物みたいなのが歩き回った跡を、すぐさま誰かが故意に擦《こす》って曖昧にしたみたいな？」

初めは試すように見ていた金剛だったが、みるみるうちに顔から笑みが消えていき、最終的には驚愕の表情になった。

「おったまげたな。その通りだ。最初から最後まで、お前さんの言った通りの手順で作ったんだ、この俺がな。まさか見ていたわけでもなかろうに、どうしてわかったんだ？」

腕を組んで金剛はセレンの顔を覗き込む。二十センチはありそうな身長差なので、立つとそうなってしまうのだ。セレンは自分でもわからないというように、素直に自分の考えを言った。

「何か俺って、無機物の方が雰囲気を理解しやすいみたいなんだよね。人間の考えてることってイマイチよくわかんないっていうか、嘘も多いし、上辺だけじゃなくて裏を読んだりしなきゃいけないじゃん？　でも無機物は表面見たまんまだから。まさか当たってるとは思わなかったけど。コレ、金剛が作ったんだ？」

セレンは覗き込んでくる穏やかな、やや目尻の下がった瞳を見上げる。

「おう。意味不明なもんを置いときゃ、大抵それらしく見えるだろう？　それにこういうのは、後々になって作者が謎の死を遂げたとか、著名な芸術家の習作だとか、名もなき古い時代に埋もれていたものが発見されたとかいう、嘘っぱちの付加価値を付け加えれば、無駄遣い好きな金持ちが喜んで買って行くもんなのさ。ただの凡人が見れば、価値なんかいくらでも釣り上がる」

まるで人間の愚かさを嘆くように言うが、そこに憎しみは見当たらない。ただ、哀愁を帯びた目をしていた。

「お前さんは、さすがにロボットに長く育てられただけあって、いい方向で人間臭さがなくていいな」

「それって褒めてられてんの？」

「ベタ褒めしてるけど？」

「ならまぁ、さんきゅ」

ふと、鼻腔を刺激する匂いがした。セレンにしてみれば、長らく嗅いだことのない〈美味いもの〉の匂いだ。それに気を取られて振り返ると、オフホワイトのシンプルなワンピースの上に、ありふれた白いエプロンを着けた女性が、テーブルに食事の皿を置いているところだった。

「あ……」

自分が客の立場というより、金剛の言葉に甘えてついてきただけという迷惑者であることを思い出し、しかも食事を食べたいと言ったのまで自分だったことを思い出して、セレンは声を漏らした。この場合は手伝った方がいいのか、声を掛けるだけで十分なのか？

「ああ、あれが俺の嫁だ」

「ひぇ？　ああ、奥さん、ですか。キレイな方ですね」

自分のことを言われていることに気付いたのか、女性は額縁の方に顔を上げた。目が合ったセレンに、ニッコリと穏やかに微笑む。奥ゆかしそうな、清楚な美人。それでいて、まったく媚がない。

「ビジンだなー」

キャロットもぴょんぴょん跳ねて、自分の存在をアピールしている。

「ほう、こっちはさすがのお前さんでもわからんか？　さすが俺だな」

「え？　何が？」

「俺の嫁は、ロボットだよ」

「えっ?!　この人が!?」

匂いには敏感なセレンは、人間とロボットの区別程度はすぐにつく。一般的には、着衣や振る舞いで見分けるようだが、セレンは文字通り嗅覚で嗅ぎ分けられるのだ。もちろん、普通の人間の鼻で。

しかし、その女性はまったく〈ロボットの匂い〉はしなかった。かと言って、〈人間の匂い〉もない。無臭のものなどこの世にあるはずもないのに、まるっきり未知の何かのように、匂いがしなかった。

強いてわかるのは、エプロンに染み付いたさまざまな料理の匂い。金剛と一緒に暮らしているせいか、金剛の匂いも混じっている。あとは、この部屋の匂いが彼女の動きに合わせて揺れるくらいだった。

「……全然わかんなかった……」

清廉潔白、純粋可憐、という容姿端麗なロボットなら、作ること自体はそう難しくはない。造形さえうまくできればいいので、センスと技術の問題でしかないのだ。

しかし、ここまでの完璧な出来具合の美人はそうそういないだろう。見た目だけではなく、美しい中に儚さが滲み、醸す雰囲気さえある。本来はそんなことはあり得ないのに。ロボットが「雰囲気を纏う」などできない。「空気を漂わせる」ということなどは不可能なはずだ。

もちろん、持ち主や製作者の意図や好みで、特別な匂いを付けたり、ある特定のシチュエーションで香るようにするシステムはある。しかしそれはあくまで人工的に発生させた匂いの付いた空気の噴出という技術であって、内側から滲むような人間らしさのようなものにはならないのだ。あくまでただの〈香り〉である。

「名前はマキナ。機械だからな。俺は俺で単純な名付けかも知れないな」

セレンの驚きをよそに、金剛は豪快に笑う。

「大昔じゃ、〈デウス・エクス・マキナ〉っていう、芝居を大どんでん返しする神様って役割があったらしい。〈デウス・エクス・マキナ〉は男で、女神だと〈デア・エクス・マキナ〉なんだとか」

「神……」

本当に神様かと思ったセレンだったが、あくまで金剛はごく普通に会話を続ける。

「まぁ、俺はそんな御大層な意味を込めたわけじゃないんだけどな。昔は嫁のことを『カミさん』って呼ぶこともあったらしい。今でもまだ、古い人間がやってる店なんかじゃ、知ってる奴もいるが、『おかみさん』って呼ばれる職業もあったんだと。女店主のことらしい。立派なもんだ」

「それで神様？」

「まぁ、女は神に近いよな。だってすごいだろう？　自分の身体の中で、本物の人間を育てて産み落とすことができるんだぞ？　まさしく神の所業じゃないか。男には無理だし、ロボットにだって当然できない。そんな不可能極まりないことを、人間の女はできるんだ。あながち間違ってもいないだろう」

「……確かに」

「うっわー、すげーなすげーな。マキナー」

セレン以外の人間はもちろん、ロボットも初めて近くで見るキャロットは、はしゃぎながら彼女に駆け寄った。セレンが教えていないせいで、妙に馴れ馴れしいのは仕方あるまい。

「まぁまぁ、ようこそ。可愛らしいお方」

穏やかで落ち着いた、しかし凛とよく通る声。それがセレンの鼓膜を揺らす。どこか懐かしさを感じるのは、長らく大人の女性の声を聞いていないせいだろうか。それがたとえロボットであっても。

「オレ、キャロット！　マキナ、美味しそうな匂いするな！」

「おいおい、うちの嫁は食えんぞ。そりゃ料理の匂いだろう」

「わかってるよー」

金剛もテーブルの方に向かって行ったので、不思議な気持ちのままセレンも後に続く。

「あの、こんにちは。すみません、突然押しかけて、食事まで……」

「いいのよ。ヒトは空腹が哀しいものね」

あ、とセレンは思った。その感覚。

空腹になると、どこか哀しい気持ちになるのは、人間である証拠でもある。最近の機械化の進んだ身体を持った人間たちは、食べ物を必要としなかったり、最低限の栄養サプリメントで事足りるため、空腹を感じる者は減っているが、腹が減ると気分が沈むのはまだ共通している。

その感覚を、彼女は知っているのだろうか？　ロボットのマキナが？

「哀しいの、わかりますか？」

「うふふ、私は空腹は感じないから直接は知らないけれど、金剛を食事抜きにした時に、この上なく哀しそうな顔をしていたのを見たからよくわかるわ」

優しく穏やかにそう言うが、聞いてみればわりとひどい内容ではある。マキナが強制的に金剛を食事抜きの刑に処したことがあるのだろうか？　このはんなりとたおやかな女性が？　それ以前に、ロボットが主人を?

「あー、うちの嫁はスパルタなんだ。機嫌を損ねると、えらい目に遭う」

笑う金剛に、変わらない微笑みを向けてマキナはさらに毒を放った。

「また〈えらい目〉に遭わせましょうか?」

「……すまん」

すっかり尻に敷かれているようで、金剛は素直に謝って小さくなった。ロボットなので力は当然強いのだろうが、普通は主人を傷付けることはない。しかし金剛のような屈強な身体を持った男でさえ跪かせるような風格が、どこか見え隠れした。これも纏う雰囲気の変化だ。何故そんなことが可能なのかセレンにはわからない。

しかし見た目は本当に美しく儚げな翳が差し、まさかこんな毒舌だともスパルタだとも思えない。ロボットだから、性格が顔や容姿に反映されることがないのだ。

つまりマキナは、やはり紛れもないロボットなのである。

「金剛って、マジで天才なんだな」

セレンが漏らすと、金剛は「何を今さら」と言わんばかりに怪訝な表情をした。

「どうした、何か気になることでもあるのか?」

「うーん、マキナさんって、不思議だ」

「不思議?」

こくり、とセレンは大きく頷く。

「どうせ金剛が製作者で主人なんだろ？」

「そりゃそうさ。一応俺はロボット工学の有資格者だからな。製作は違法じゃない。ま、マキナは申請してないから結局違法なんだけどな」

きっと何か事情があるのだろうが、気にしていないかのように金剛は笑い飛ばす。

「どこが不思議だ？　最初にロボットだとわからなかったせいか？」

「それもある。俺、結構鼻が利くっていうか、人間とロボットの違いは嗅覚でわかるんだ。なのにマキナさんは、全然ロボットの匂いがしない。でも当然だけど、人間の匂いでもない。生活臭はあるけど、きっと黙ってれば誰にも気付かれないと思う」

「ほうほう、ありがたい褒め言葉だね。きっとそんだけ俺の腕がいいんだろうさ」

どこかぎこちなく、金剛は話題を逸らして「まぁメシでも食おうや」と促した。マキナが二人分の食事をテーブルに運ぶ。マキナの前に食事の皿がないことが、どこか違和感を覚えるほどだった。

テーブルに着いた四人——二人の人間と、一体のヒト型ロボットと、一体のペットロボットは、四角いテーブルの辺に沿って座り、セレンと金剛は向かい合う形になった。

「……うっめぇ……！」

久々の人工でない食べ物を口にしたセレンは、左手に持った箸を取り落としそうになった。声も大きくなるというよりは、驚きのあまり呟きで興奮しているように聞こえる。

「だろ？　もうメシなんか腹が膨れれば何でもいいだとか言えないんじゃないか？」

金剛はどこか得意そうにニヤリと笑う。セレンは素直にコクコク頷き、それから何種類もある本物の〈料理〉に手を伸ばしていく。

もともとあまり「美味しい」と言えるものを食べた経験が、セレンにはない。ただ、人間の肉体を持った年頃の少年なのだから、普通に空腹感は訪れる。栄養サプリメントを摂取していれば死ぬことはないが、気持ちは満足しない。だから、安物の人工物でできた販売品の食事を、国からの援助で何とかやりくりしながら手に入れ、時には廃棄前のものをもらってきたり、期限切れで処分寸前の固形食材をくすねて食べたりもした。

空腹感を紛らせることのできるサプリメントもあるのだが、それにはどこか抵抗がある。ロボットに育てられたことが逆効果だったのか、妙な部分で頑固に人間であろうとする自分を、セレンは離れた場所から見て不思議に思ったこともあった。

ただ、やはり人間なら〈料理〉を食べるべきだと改めて思う。マキナはロボットなのに、まるで自分で味見をしながら作った本物の料理のように、味付けが上品だった。色合いも美しく、かつて無料のアーカイブで見た古い日本の伝統食のようにも見える。あの時はその味など想像もつかなかったが、今思い浮かんだのがその映像だったので、セレンの頭の中でイメージと味覚が結びついた。

「いーなー。俺も食いてー」

無言でがっついているセレンを羨ましそうに見ながら、キャロットは器用に左右の長い垂れ耳を違うリズムで揺らしながら言った。それでも無言で食べ続けるセレンを見て、さすがに驚いた様子だ。

「オイ、セレン？　生きてるか？」

普通なら「生きてるから食ってんだよ！」とでも返ってきそうな場面なのだが、まるで返事がない。キャロットは呆けて金剛を見る。さすがに彼も苦笑いを浮かべていた。続いて視線をマキナにやると、こちらは変わらず穏やかに微笑んでいる。料理を褒められて嬉しいのか、まるで聖母のような雰囲気を醸していた。

「よほど飢えてらっしゃったんでしょうか？」

遠慮がちに言うマキナだったが、ずっと一緒にいるキャロットはセレンがいつもどこからか何かしらの食べ物を持ち帰ってきて、美味いとも不味いとも言わず、義務のように口を動かして咀嚼している姿は見ている。言葉の上では「飢えている」というわけではないのだろうが、美食、こと誰かの手によるもてなしの料理というものに、すっかり心を奪われたのかも知れないと思った。

結局誰が何を言っても反応せず、セレンはテーブルに並べられた料理を一通り食い尽くしてから、ようやく動きが止まり、大きく息を吐いた。両手を顔の前で合わせる。

「ごちそうさまでしたー！」

向かいの金剛が驚いて仰け反った。

「おいおい、びっくりさせるなよ。お前さん、自分の世界に入ると自分でしか出て来れないタイプなのか？　あまりに無反応で熱心に食うもんだから、俺も手が出せなかったよ」

「あ、ごめん。だってすげぇ美味いんだもん。何だろ、俺初めて知った。俺ってこんな味の食べ物が好きなんだなーって」

「何だそれは」

「だって、これまで食べた何より美味いもん。でもさ、自分の中ではじゃあどんな味のものが食べたいんだとか、好きな食べ物は何なのかって言われてもわかんなくてさ。だから、腹が膨れれば何でもいいやって思ってた。さっきまでは」

「ほほぅ」

「マキナさんが俺の好みを知ってるみたいな味でさ、俺も自分の好みの味なんて知らないんだからそんなはずないのに、めちゃくちゃ美味いの。すっげぇ」

「うふふ、ありがとうございます」

手を口に当てながら、控えめにマキナは礼を言う。その口で金剛を尻に敷くほどの毒舌を放つのだから、やはりロボットは見かけによらない。しかし、ただの料理上手なロボットではなく、金剛の好みに合わせて設定された腕前でもないのはわかった。

きっとマキナには、わかるのだ。相手が求めているものが。

不思議な話ではあるが、セレンにはそうとしか思えなかった。たまたま作ったいつも通りの料理が口に合った、さらにはセレンにとってはほとんど初めてのまともな料理であったせい、とも言えるのだが、その方がセレンにとっては不自然に感じる。知っていた、と言われる方が納得できるくらいだ。たとえあり得ないことであっても。

「俺の嫁なんだから奪われるのは胃袋だけにしてくれよ。まぁ満足してもらえりゃ、作りがいもあるってもんだよなぁ」

「そうですね」

ようやく余り物が残った料理の皿に、金剛は手を付けて食べ始める。口癖なのか、本心から出るのか、「今日も極上にいい味だな」などと言っていた。ものを食べないキャロットにはわからない感覚だが、あれだけ夢中になるセレンを見るのは機械いじりで集中作業をする時くらいだったから、羨ましくはあった。きっと「美味しい」という感覚を最高に味わっていたのだろうと思う。

「食いながらで悪いが、お前さんは三世紀前のアレは学んだか？　人類による宇宙干渉失敗の件だが」

「うん、知ってる。以呂波にいる時、胃もたれするくらい聞いた。そのおかげでロボット工学が発展して、素晴らしい業績が現代社会を作ってるってやつだろ？　宇宙に人類以外の生命体がいるらしいこともわかったし、素晴らしい研究結果だったたって話。まぁ、かなりの誇張表現や拡大解釈が入って、別の肉付けもされた作り話に近いと思ってるけど」

セレンの独自解釈に、金剛は驚いて目を見開く。咀嚼していたものを飲み込んでから、次の手を止めて言った。

「それはなかなか聡明な解釈だな。どうして話半分だと思ったんだ？」

特に気に掛けず、うーんと腕を組んでセレンは言葉を選ぶ。他者とのコミュニケーション不足もあってか、キャロット以外が相手だと、そうポンポンと言葉が出てくるわけでもないのだ。普段から周囲の学友には変人扱いを受けて、遠巻きにされているし。

「何ていうかさぁ、うまく言えないけど胡散臭い感じがしたんだよね。根拠とか全然ないし、以呂波の施設で嘘を教えてるわけでもないんだろうけど、いいことだらけっていうのが腑に落ちない感じ？　普通はいいことがあれば、同じくらいじゃなくても悪い話もあるんじゃないの？　それがまったく出てこないからさ」

「何かある、と？」

「何がかは想像もつかないけど。まぁそんな感じかな？　完全に嘘だっていうんじゃないだろうけど、誰かの意図的な捏造を感じたんだよ。それは俺が勝手に個人的に、だから、ホントに感覚的な話なんだけど」

「お前さんの言いたいことは、何となくわかるよ。俺もそう思ったことがあるからな。ロボットはプログラムでいくらでも偽の情報を本物として認識させられると思われているが、実際には無知な人間の方がよほど洗脳されやすいんだ。だからこそ俺はいつも疑いを最初に置いて、そこをクリアしたものだけ続きを聞くことにしてる」

「それでよく俺の話聞いたね」

「お前さんがクリアしたんだよ。あとは俺の勘が当たった」

初対面の二人はお互いに不審者同士だが、そこで妙な信頼が芽生えたということだろうか。確かに変な頼み事をする少年に、安請け合いして天才的な違法行為を飄々とやってのけた男。短い時間しか余裕がなかったとは言え、双方に身の危険が大いにあった中で、瞬間的にお互いを信頼できると察することができたのは、偶然なのか運命なのか奇跡なのか。

「その後俺は真実を知ったんだけどな。まぁ、ロボット工学の研究者になるなら、誰でもとは言わないが、ちょっと引っ掛かった奴なら解きたくなる疑問だ」

「え？　真実って？　やっぱり話半分ってやつ？」

「そうだな、嘘ではないし、捏造っていうつもりもないんだろうが、都合の悪い部分だけは一切出さないっていう、隠蔽になるか。いくら身体の機械化や生殖医療が進歩して、長寿社会になったとは言え、さすがに三百年も前のことを実体験として知っている人間はいないだろう。ただ――

――記憶が残ってる」

苦々しい表情で、金剛は不可思議な表現を口にした。

記憶が、残って？〈記録〉ではなく？　誰の？　どこに？　どうやって？

セレンの頭の中に疑問符ばかりが浮かび、どこから訊ねればいいのかもわからない。

「おかしな表現だろう？　ただ、言い間違いじゃないんだ」

きょとんとするセレンの表情と、両耳を集中させているキャロットを見て、金剛は続けた。

「御跡切糸杉。あの人の脳が、残されている」

「え⁉　あのじーさん、死んでない？」

「ああ。お前さんの方が、さすがに御跡切糸杉には詳しいんじゃないか？」

「そりゃ、以呂波で育ったら、洗脳教育みたいなもんじゃないの？　変な宗教の教祖みたいなレベルで恭しく扱われてるよ。施設のあちこちに肖像画だの銅像だのがあってさ。現実の偉業の数々も学んだけど、実際に会ったことも声を聴いたこともないのに、毎日一緒に食事をしてたんじゃないかって錯覚するくらいには刷り込まれてたんじゃないかな。それこそ三百年以上前に生まれたじーさんと、ずーっと家族だったみたいにさ」

「そりゃあ大変だったな。しかしお前さんは、そこまでひどい刷り込みに遭っているようには見えんが？」

「まぁね。施設を出て、それなりに独り立ちしてみるとさ、さすがにあれはやり過ぎじゃねぇのって気付くよ。養親にもらわれると、どっちも御跡切一族を貶めるような話なんか絶対できないらしいし、結局誰も本人を知らないから、事実も嘘もないんだろうね。実際に今の現実は、あのじーさんの偉業で始まってるわけだし。本気で大の人間の大人が、いまだにじーさんのことを真面目に拝んでるのも見たことあるから、たまたま俺は洗脳されにくい体質だったんじゃないのかな？」

「体質ねぇ。面白いことを言うな。お前さん、よく変わってるって言われるだろう？」

遠慮もなく金剛はおかしそうに言う。セレンも慣れたもので、特に感情的になることはない。

「ああ、いつでもどこでも誰にでも変人扱いされるよ。俺は自分がバカなのはわかってるけど、変って言われるのは何か納得いかないいんだよな。自分と違う考えを持ってるってだけで『変』だぜ？　それじゃあ無個性のロボットみたいなもんじゃゃん。ロボットでももう少し個性あんだろ。つっまんねー」

ふと、金剛は目を細めた。どこかで聞いた声音。心底くだらない、と言いたそうな型破りな心中を察する。そんな自分にハッとして、すぐに素に戻って言った。

「内面から個性が出るのが人間の真髄だからな」

「だろ？　わりと理解あるなぁ金剛。つーか、じゃああんたも変わり者ってわけ？」

「ま、それは否定しないな。俺も昔からずっと言われてたよ。今じゃもう勲章に思えるくらいだ」

「そりゃまたえらい年季モノだな。悟り開いてんじゃん」

「ははは、慣れってやつさ。いちいち他人の言うことに気を取られたり、人目を気にしていたんじゃ、好きに生きられないだろう。それじゃあ、何もできないのと同じだ」

「好きに生きてると、大抵は変わってるって言われるもんなぁ」

「そういうこった」

奇妙に意気投合し、何故か片手でハイタッチする。まるで親子ほどに年齢が離れているようなのに、旧知の友人のような感覚。セレンは不思議に思ったが、自分の直感は信じることにしているので、そう深掘りして根拠を求めはしない。

そもそも、同じように危機察知能力の高いキャロットがすぐに懐いたのだから、きっと裏表のない、まっとうな――とは一般的には言えないのかも知れないが、決して悪人ではないと確信した。

「まぁそんなわけでな、御跡切糸杉は肉体のほとんどのパーツを機械化して、つい最近、俺が二歳の時まで生きてたんだ。二五七二年、三百歳になったのを機に、自らの脳だけを保存するように曾孫《ひまご》の御跡切薊《おとぎりあざみ》に託してこの世を去ることを決めた」

まるで見知っているかのように淡々と語る金剛に、セレンは激しく驚いた。

「えーっ⁉　マジで⁉　ってか、じゃあ金剛今いくつよ？」

「ピッチピチの三十七歳でぇっす♪」

わざとしなを作っておどける金剛だったが、セレンは「うっそぉ」とまともに驚愕の真実を食らう。

「何、どこに驚いてるんだ？　そんなに老けて見えるか？　昔は童顔とまで言われてたんだが」

「それだよ！　若いんだよ、いろいろ！　二十も年上⁉　はぁ⁉　見えない！」

「一応訊くが、それは褒めてるのか貶してるのか？」

「どっちでもねぇよ！　ただの俺の感想。マジでか？　そりゃタメ口で悪いけど、うまくしゃべれないから、その辺は勘弁して欲しいんだけど」

「構わんよ。お子様に敬語で話されるのも淋しいだろう。気にするな。それより、俺の歳よりも御跡切糸杉の方に驚くべきなんじゃないのか？　さすがにこの情報はどこにも出てないから、以呂波でも教わってないはずだが」

「そりゃ、普通に考えたらとっくに死んでると思うよ。実際、俺が生まれた時には一応本当にもう死んでたんだし。でも何？　脳がある？　それって〈生きてる状態で〉ってことだよな？」

「そういうこと。曾孫の薊も俺が二十歳《はたち》の時に百歳でキリ良く死んでるから、今はその息子が管理してる」

「息子？」

　セレンは怪訝な顔をする。

　以呂波の施設では主に、御跡切糸杉の偉業を讃えて崇拝し、現代社会で人類がロボットと共存できているのは彼のおかげだと習った。

　宇宙人とは共存できなさそうだから、わざわざコントロールしやすいロボットを作ったんだろうと、ややひねくれたというか、違う視点でものを見る子供だったセレンは考えていたが、ロボットに罪はないので何も言わずにいた。しかし、もちろん、その後継者たちの話は聞いたことがなかった。

「今の御跡切には、糸杉から数えると四世代後の四葉《よつば》ってのがいる」

「オトギリ、ヨツバ……」

どことなく、キレイな響きの名前だな、と思った。だが何故か、少し哀しい音だ。

「御跡切の一族は、糸杉以前はごく普通の家系だった。が、お前さんも知っている通り、地球環境が悪化してからはずっと、人類がこの惑星を捨てて宇宙に出るか、この惑星に自分たちを適応させて生き延びるかという、二派に分かれていた。そんな中で、後者に属していてロボット工学や生殖医療を学んでいた糸杉が、例の宇宙船帰還のニュースに生で立ち会ったのが二十歳の時だ。宇宙に脱出する道はないと察した聡明な糸杉は、ロボット工学の分野でみるみる頭角を現し、五十年かけてロボット工学の第一人者となり、あの十ヶ条を作った」

セレンは金剛の目をじっと見つめていたが、どこかそれよりもっと遠くを見ているようにも見える。キャロットもずっと耳を真っ直ぐに立て、時々ピクッと動かしながら聞き入っていた。セレンが知らない話なら、キャロットも知る由もないだろう。興味はあるようだった。

御跡切糸杉が七十歳の時に制定した十ヶ条はこうだ。


【ロボットに課すべき十ヶ条】
一、ロボットは製作者を殺してはならない。製作者が死亡した場合、あるいは一ヶ月以上製作者もしくは主人から何の指示命令も出されなければ死亡したとみなし、決められた安全圏で自爆すること。

二、ロボットは主人（所有者）を殺してはならない。自殺幇助も許可されない。主に主人に危害を加えるすべてのものから守り抜くこと。
三、ロボットは、国家専用仕様の特殊プログラムの搭載を認可されたもの以外は、むやみに人間を殺してはならない。主人からの命令であっても、倫理観を持って意見すること。
四、ロボットは人間に害をなしてはならない。救える命が目の前にあれば行動すること。ただし最優先は製作者及び自己の主人であること。
五、ロボットは法を犯してはならない。人間と倫理観を同じくし、殺人や犯罪などを行えば即時解体・抹殺されることに抗わないこと。
六、ロボットは人間を騙してはいけない。自分が人間であると偽ったり、人間に不利益を与えることは決してしないこと。
七、ロボットはロボットを所有してはならない。自己が他ロボットの所有者となることは許されない。ロボット製作の職務に従事している場合であっても、製作者とはみなされないこと。
八、ロボットは報酬を得てはならない。人間の善意や必要に応じたエネルギーの受給は許可されるが、それ以外は不要・不法な報酬とみなし違法とすること。
九、ロボットは自己を改造してはならない。製作者及び所有者の意思がない限り、自主的に改造を施すことは違法とする。発見次第、即時解体されること。
十、ロボットは……人類を支配してはならない。決して人類支配思想を抱いてはならない。

一と二以外の項目に優先順位はないが、一般的に流通しているロボットの場合はすべての条件をクリアしていなければ販売できないことになっている。そして、十項目目だけは、ロボット製作の有資格者とその属する企業にしかオープンにされていない絶対的な必須要素である。

御跡切糸杉が開眼《かいげん》後、五十年に渡る研究やその成果により加速度的に発展したロボット工学は、高度なＡＩを搭載されたロボットを生み出した。そのため、感情も知っているし、学ぶこともできる。必要ならば涙も流すし、笑顔にも多くの種類がある。歌も歌うし、芸術を愛する心もあれば、それを生み出す才能さえある。

しかしそうなると、行き場を失うのは人間だ。仕事がない。通貨の価値もなくなっている。自由を得た。時間ができた。

人類は脆い。病気や障害の類は、既に万能細胞のおかげで、ほとんどの場合はどうにかなる。生命を脅《おびや》かしたり、日常生活に支障が出ることはない。しかし生身の肉体である以上、加齢による劣化は避けられないのだ。

そこで最初に自分の身体の不具合のあるパーツを機械化したのが、御跡切糸杉その人だったのである。自らの身体で実験をし、機械に神経を繋げ、生物の有機細胞と無機物が適合する可能性を見出した。

高度なロボット工学を学んだり教えたり製作したりする学者は、医療の分野にも深い理解がある。ヒト型を詳細に模してロボットを作るのだから、人体構造の細部まで知っておくのは当然ではあった。もちろん、外側を作るだけで、内部は下請け会社任せの企業も多く、世の中に出回っているロボットは大抵そのようなところが販売元でもある。

——が、専門性が高く、好奇心も旺盛で、あらゆる可能性を無限に広げることを好んでいた御跡切糸杉は、すべてを自分の手で行った。当然被験者も自分自身で。失敗した部分は、後に改めて成功させてカバーする能力もあり、一時期は環境の悪化によって世界の平均寿命が恐ろしく短くなった時期もあった中、驚異的な右肩上がりで再び延長させたのは、脳と心臓の本体と生殖器官以外は機械化して延命できると自身の身体で証明したからだ。

「そしてその三年後、ロボットがいくら正しくても、人間が悪意を持てば世界は再び劣悪な環境になってしまうことを危惧した息子の木蔦が、今度は人類側に五条約を設けた」

「ああ、あれはじーさんの息子が制定したのか」

セレンがぼんやりと思い出す。

【人間に課されるロボットに関する五条約】

一、有資格者以外のロボット製作及び販売は固く禁じる。

二、有資格者以外のロボットの改造及びプログラムの書き換え、解体は固く禁じる。

三、ロボットを所有する際は国家より許可を得ること。資格を満たさない者には許可されない旨を理解・同意すること。
四、ロボットを破棄する際は定められた組織に依頼し、決して自ら行わないこと。万一トラブルや事故によるロボットの喪失があれば、速やかに届け出ることを義務規定とする。
五、ロボットとの性交渉は許可されるが、婚姻関係を結ぶことは禁じる。あくまで主従関係を維持すること。

「あれって最後のやつおかしくない？」

「多分、愛着が湧いてそうなる人間が増えたんだろう」

「なるほどね」

金剛がマキナを「嫁」と呼び、家事全般も任せて意思疎通もできている。尻に敷かれて、まるで本物の夫婦のようだし、二人の間に親しみ以上のものがあるのもわかった。だが、金剛とマキナの間に性的な関係があるのかどうかは、自身も未経験のセレンにはわからない。

「そうやって糸杉から始まったとさえ言えるロボットの世界的な普及と利用、人類の肉体の機械化と万能細胞の併用による延命が広がった。そうなると、どこまでが人間でロボットなのかという線引きも曖昧になる。要は、人間の両親から人間として産まれたなら人間、人間の手によってすべてを人工的なパーツで作り上げられたのがロボット、っていうことでしか分別できなくなる」

「だから息子の……キヅタ？　さんは、五条約を作ったのか」

「木蔦は三歳で母親を亡くしてるから、研究熱心で子育てもろくにしない糸杉の研究室の片隅に置かれているだけのような存在だった。しかし、まぁ立派な遺伝子を受け継いだんだろう。一人で歩いたり文字を読めるようになったら、父親の研究室の端で邪魔にならない程度に、父親の真似事をしていたら、糸杉の名前を出さないままに立派なロボット工学者になっていた。五条約は木蔦が二十六歳だかそれくらいの時に制定してるからな」

「父親の暴走防止？」

「どうだろうな。さすがに父子の関係がどんなものだったのかまでは誰も知らないし、記録もない。だが、糸杉が許可しなければ制定されないだろうから、納得はしてたんだろう」

「あー、複雑な家庭だね」

家庭、などというものはまったく知らないセレンだが、それらしく言ってみる。

一般的には〈家庭〉というものの中には、父親、母親、子供、という構成員がいる。そこに祖父母や孫がいる場合もあり、兄弟姉妹もいるかも知れない。それらは血縁というもので繋がっていて、大抵は同じ家に住んでいる。

――それがセレンの認識だ。

「木蔦はその若いのに有能な頭脳によって、大層モテたそうだよ。だが、母親を亡くしているせいか、女性には臆病だったらしくて、長く結婚もしなかったし、多分女性との交際もなかったんじゃないかと思う。しかし晩年の頃、ストーカー的な女性に、まぁ変な言い方だが貞操を奪われたんだとか。それで息子が産まれたせいで結婚したらしいが、きっと大変だったんだろうな。息子の竜胆《りんどう》が十三歳になった年、聡明な息子ならもう大丈夫だろうと判断して自殺した。ストーカー気質のヒステリックな妻も、竜胆より木蔦への愛着が凄まじかったせいか、追って死んだとか」

「……こえぇ……」

「人間の女は頭オカシーんだな」

縮こまるセレンの横で、本物の人間の女性はまだ見たことのないキャロットが言う。神様だったり狂信者だったり、人間の女といえどもやはりそれぞれだ。

「はは、怖いなぁ本当に」

金剛も苦笑して空気を和ませた。喉が乾いたらしく、脇にあった水を一気に空にする。

「まぁでも、まだ木蔦が生きていて若かった頃にその五条約ができていたおかげで、人類のロボット所有率が上がった。並行して糸杉の身体の機械化が進んで成功例が増すにつれて、一般人でも自分の身体を機械化する者が増えていった」

「もうその頃から通貨に価値はなかったんだ？」

「そういうことだ。原始的な物々交換に近かったと聞いてる。要するに、パーツに使えそうなものを持参すれば、それを加工してどうにかしてくれるんだろう。向上したのは何も、ロボット工学と生殖医療の分野だけじゃない。科学技術も向上しているし、宇宙関連のチームもまだ密かにいろいろ動いていたとも言われている。各分野で追いつけ追い越せで、確かに多岐に渡って発展はしたんだろうな」

「いいんだか悪いんだか、だね」

「さすがにお前さんは、俯瞰してものを見るんだな」

「フカン？」

「うーん、離れたところから全体を見る。高いところから下を広く見る。つまりは客観的で広い視野で物事を見れるってことだ。先に言うが、これは褒めてるぞ」

「そう？　じゃあありがと。けどさぁ、それって〈人類の発展〉とは呼べないんじゃない？」

セレンもそばにあったグラスから少し水を飲み、ふぅとため息をつく。

「万能細胞はまだいいとしてさ。自分の身体を際限なく機械化するとか、ちょっと俺には考えられない。まぁ、既に両脚がコレだからわかるってのもあるけど、内臓まで機械化して食料不要、排泄もしないって、そこまでして長生きしたいものかなぁ」

「おや、お前さんは長生きはしたくないか？」

金剛は面白そうに問う。セレンはちらりとその表情を見たものの、特に興味はなさそうだった。ただ訊かれたことには答える。

「まぁ、早死にしたいっていう希望はないけど。できればこれ以上自分の身体に異物を取り込みたくはないね。ロボットは全部が異物っていうか、それは人間から見たら異物なのであって、ロボットからすれば全部同じ人工物じゃん？　だからそれはいいんだよ。構成物が全部自分の身体

だって言えると思うし。でも、人間なのにどうにか替えが利くパーツは大方機械化するっていうのは、人類の発展というよりは、人類の衰退に近い気がするんだよね。うまく言えないけど、何か違う気はするんだ」
「なるほど。お前さんは頭が回るのに、言葉がついてこない感じだな」
セレンの感情表現のもどかしさに気付いたのか、金剛は目を細めて言う。それはどこか「俺にはわかるよ」という意味が込められているようで、温かみを感じた。
「うー、俺バカだからさ。もともと最低限の学びしかないし、施設出てからも以呂波の育成学習苑に行ってたけど、多分普通の学校よりレベル低いと思うから、考えてることをうまく表現できないんだよね。でも何でだか金剛はうまく俺の気持ちを拾ってくれて、理解して言葉にしてくれるから、すげぇ助かる」

「そうかそうか、俺の理解が間違っていないなら良かった。勝手な代弁は失礼だからな」

真正面から大きな手が伸びてきて、セレンの頭をワシワシと撫でた。髪はいつも自分で切るので常に整わないのだが、ちょうど伸びてきて鬱陶しく思っていた頃だったので、毛先が一層あちこちにハネる。

対する金剛は、さっぱりした短髪の黒髪で、一本一本の髪まで太く強そうだ。猫っ毛のセレンには羨ましい。

「身体が人間のままだったら、相応の年齢で寿命は来るし、場合によっては病気や怪我でもっと早くに死ぬ可能性も高かった時代はあった。だが今じゃ、産まれる前に胎児の異常を知れるし、産まれてすぐに万能細胞でそこを差し替えれば、あっという間に健常な身体になるからな」

「俺は以呂波で産まれてから脚の異常を見つけられたから、万能細胞より安価で簡単な義足にされたんだけどさ。まぁ、今では随分役立ってくれてるから、そこは恨みなんかはないけどね。ただ、メンテナンスが面倒なくらいで、それでもいろいろ改造できるし、案外楽しいよ。でもこれが自分の人間の身体だったら、絶対やってないもん」

「人間の身体が良かったか？」

「まぁ、もしそうだったら、機械化羨ましいなーなんて思ってた可能性がないとは言えないから、これも結果論だけどさ」

正直なセレンの回答に、金剛はまた笑う。話しながらも食べ進めていたおかげか、空いた皿からマキナが引き上げていった。

「すまんな。ごちそうさん」

「いいえ。ごゆっくり」

本当に夫婦のような雰囲気で、ふと空気が和む。それは金剛の穏やかな声のせいでもあったが、やはりマキナの纏う空気も柔らかくなった気が、セレンにはする。キャロットが何も言わないので、自分の思い込みだろうかと考えるが、さすがにそこまで言葉に出すほど空気が読めないわけではなかったので、今は控えることにした。

「人間には寿命ってあるじゃん？　俺は本来それは正しいと思うし、まっとうせずに死ぬのはもったいないとは思う。でも、病気の治療を越えて、機械化っていう、何かもう他のものになるのに近い感じで延命するのは、やっぱり違和感しかない。人間から産まれた人間は、いつか必ず死ぬっていうのが、ロボットとの最大の違いだと思うんだ。ロボットは製作者か所有者が死んだ場合、自爆が義務付けられてるけど、多分そのプログラムには恐怖っていうのは入ってないと思うんだよね。でないと、守れないじゃん？」

「そうだろうな。俺は有資格者だから知っているが、確かにロボットには死の概念はわかるが、それに対する恐怖は組み込まないことになっている。死を恐れて逃げ出すロボットなんかが出てきたら、そりゃあ大変だからなぁ」

「やっぱりそうなんだ」

納得したようセレンが返す。

「だからかぁ。ロボットが自爆する時、自動的に決まった場所に自ら出向くのは」

「知ってるのか？」

「少し。以呂波の施設にいた頃、たまたま聞いちゃったんだよね。ロボット同士の会話っていうの？　だから俺、知ってんの。ロボットの自爆する場所」

「!?」

金剛がバッと顔を近付けてきて、セレンの両肩を掴んだ。遠慮のない力だったので、思わずセレンは「いたたたたた」と声を上げる。金剛はすぐに我に返ったが、興奮は醒めないようだった。

「お、おお、すまん。いたいけな少年にやると、暴力になるな。大丈夫か？」

「まぁ、そこまでひどくないけど。何？　これってヤバい話だった？」

「いや、ヤバいも何も、トップシークレットだ。一般的な技術者でさえ解読できないようなプログラムを強制的にインストールするように命じられるだけで、それをまともに理解している奴はほとんどいない」

「じゃあ、金剛はきっと理解してる方なんだ」

見透かしたように、しかし邪気のまったくない笑顔でセレンが当然のように言う。自ら天才学者だとは言ったものの、その解読がいかほどに困難なのかを知らないから言えるのか、それとも無条件に根拠のない自信なのか。

「まいったな。まぁ、俺は知ってるよ。実際行ったこともある」

「ふぅん。俺もある。あそこ、ガラクタ置き場みたいなもんだからパーツ集めにちょうどいいんだよね。末端のパーツならそこらの拾い物で十分だけど、内部構造は一から作るの面倒だし」

「まさか、チビちゃんのメインベースは、自爆したロボットの欠片か？」

「いや、それはない。キャロットは全部俺のオリジナル。ロボットの墓地で拾ったのは、大抵俺の脚の中に仕込んでる。あとはアレだ、前に住んでた部屋の改造とかね」

「……てことは、チビちゃんの高性能な成長型ＡＩは自作か？」

「そうだよ。そんな高性能でもないけど」

相変わらず謙遜どころか、本気で不満があるような声で返す。

「ロボットは、その場所をはっきりと口に出したのか？」

「いや、さすがにそれはない。何だったたっけな……ああ、アレ、〈恨みに咲き誇る哀悼が眠る場所〉って言ってたかな？　何を言ってるのかわかんなかったけど、かなり長く以呂波にいたロボットが仲間に挨拶しててさ。人間だったら退職かなぁってところだろうけど、ロボットは何が理由で辞めるのかなって思って調べたんだ。さすがに出てこなかったけどね」

「まぁ、普通に調べても無理だろうな」

いくら隠語にしていても、調べてわかるようなら意味がない。そもそも、その仕組みさえ外部に漏らせないものなのに。

「で、俺はまだ小さかったからそう気にしてなかったんだけど、施設を出てからいろいろパーツ集めしてる時に、ロボットの自爆場所がわかれば何か拾えそうなのになぁって思ったら、その時の話を急に思い出したわけ。で、逆算」

「逆算？」

　金剛は椅子に座り直して首を傾げる。

「眠る場所、ってことは、誰かが先に死んだ場所じゃない？　他の仲間ってこともあるけど、〈恨みに哀悼〉っていう矛盾が気になってさ。で、〈咲き誇る〉っていうなら植物かなって。それで植物図鑑のアーカイブを調べた。花言葉ってあるんだね。逆引きの方法がわかんなかったから、最初から最後まで読むハメになっちゃったけど、でも答えがわかったから結果オーライ」

「……さすがだな」

　その根気と集中力は、先ほどマキナの料理を夢中で食べていた時のように、なりふり構わず、昼夜問わず、寝食も忘れて読み耽《ふけ》るほどだったのだろう。

「オトギリソウっていう植物の花言葉が〈恨み〉で、イトスギっていう植物があるのは全然知らなかったけど、それが〈哀悼〉だった。咲き誇るってことは、きっと糸杉のじーさんが一番栄華を極めた頃かなって思って、さすがにそっちの情報はどこにでも山盛り溢れ返ってるから苦労はなかったよ。じーさんが十ヶ条を制定する時に実験場にした、自分の研究施設があった広大な土地だよね」

「場所は当たりだが、そこへの道は表向きにはもうないことになっているし、自爆後の破片を片付けるロボットが常駐しているはずなんだが」

「確かにいたね。ただ、いくら計算通りに作られたロボットといえども、みんながみんな同じ形の爆破にはならないでしょ？　想定外に遠くに飛び散ったり、高いものに引っ掛かったりもする」

確かに理論的にはそうではあるが、そんな低い可能性を待つほどに価値のある確率ではない。破片の回収もロボットが早急にしてしまうから、数日どころか数時間も同じ場所に留まっているはずもないからだ。

「ま、俺もそうそう美味しいパーツが手に入るとも期待してないし、見つかるリスクもあるし、一回見に行って諦めたよ。だから、たまに月の出ない夜に、黒い布で包んだキャロットが散策してただけ」

「！」

そうか。ロボットがいる分には、あからさまに不審ではない。

それに、ロボットは眠らないとは言えども、爆破音や振動にも配慮することになってはいるから、その場所が非公開である分慎重に自爆する必要があった。どこかから通報があると困るからだ。毎日何体ものロボットが自爆に赴いているわけでもない。不定期に何体かが集まった時に、一度大きく爆破音がする程度だ。それも周囲に影響のない程度に。

だから、何もない日にキャロットが目立たないように入り込めば、捕まったり見つかったりする心配もほぼないのだ。万一見つかっても、キャロットは明らかにロボットなので、「自爆しに来た」できっと通るだろう。

「まったく、好奇心旺盛もそこまで行くと命取りだぞ」

金剛は呆れたように漏らす。セレンは不満そうに「えー」と零し、「なー」とキャロットを見る。

「まーなー。コア部分に起爆装置があるみたいだし、肝心なパーツは燃えカスになってっけどよー。たまーにあんだよ、爆破の勢いで燃える前に飛ばされてる有用パーツ。つってもオレは何がいいパーツなのかわかんねーから、テキトーにゴミ拾いして帰るだけなんだけどな。オレはゴミ拾いを請け負う代わりに、たまの外出許可をもらってただけだ」

人間、ロボットを問わず、他者と関わったことのないらしいキャロットだったが、外の世界は部分的に知ってはいるらしい。このサイズなら、本来「ないもの」とされている道を通ることも、確かに可能だ。

「そっかぁ、これってやっぱり秘密だったんだな。良かった、あの時教育ロボットに『何の話?』なんて訊いてなくて。多分俺、今生きてないかもね」

チラリと舌を出して言うセレンだったが、反省の色は見えない。実際はそうしなかったのだから、やはり結果オーライということか。

「金剛はさ、何でそんなオトギリさん家《ち》の話を随分昔から知ってるの？　さすがに以呂波でもそんなの教わってないし、家系図の巻物とかもないみたいだけど」

「ああ、俺と御跡切四葉は、ちょっとした因縁があってな。昔は一時期親しくしていたから、ここまでの特異機密も聞いてたってわけさ。糸杉の脳も、見たかな」

「マッジでぇ？　うげ、人間の脳ってヌルヌルでぐちゃぐちゃなんだろ？」

「それはお前さんの頭蓋骨の中にも収まってるんだぞ？」

「実際に持ってるけど自分で見えないのと、他人のをじっくり見るのとは違うと思う」

「はは、そりゃそうか」

　正論で返されては、金剛も顎を撫でるしかない。剃る必要もなさそうな薄い無精髭。

「ロボットのメモリチップにデータを記録するように、人間の脳はその役目を持っている部分がある。糸杉は三百年近くかけてそれを外部データに移行させるシステムを築いた。だから安心して死ぬことを決めた。託された曾孫の薊《あざみ》は、その負担を息子の四葉に押し付けて死んだ。そして四葉は、そこからあらゆる情報を得て、新たな設計も加えた。そしてあいつはもう、例えば自分の息子だのに続きを託そうとは考えてはいない」

「え？　じーさんのシステムに手を加えた挙げ句、誰にも教えないの？　じゃあそのヒトが死んだらどうなんの？」

「死なないらしいな。本人曰くだが」

「何それ。オトギリさんて、人間の家系じゃないの？」

「先祖代々人間だし、糸杉以外はそこまで機械化もしていないし、いろいろと不幸な背景があってみんな長生きを望まなかったみたいだな」

「不幸な背景？」

「ま、簡単に言えば女運が悪かったんだよ。糸杉は普通に結婚して子供も授かったが、研究にのめり込むあまり、妻の死に一ヶ月も気付けなかった。木蔦はさっき言ったように、えらく重い女性に言い寄られた挙げ句に自死。竜胆は自分が何のために産まれてきたのかさえわからず、親や女性からの愛情に本能的に飢えていたせいか、子孫を残すことに執着していたらしい。三人の女性と結婚してるが、五年待って子供ができないと別れて次へ、ってことをしていたみたいだな。三人目の妻が二度も流産した挙げ句に薊を出産したが、さすがに高齢になった人間の肉体への負担からそのまま死んだとか」

「かわいそー」

　あまり感情の込もらない軽い言葉ではあったが、セレンなりに感じたものはあったらしい。金剛は苦笑して続ける。

「竜胆は自分の死の際に、薊に宛てて手記や研究の過程をすべて記録したものを遺していた。一時期は私設の養育施設に預けられたが、薊はすぐに自立して父親の研究所を住処にした。しかし竜胆のあまりに身勝手な息子への依頼に父親を嫌悪し、自分が産まれたせいで母親を死に至らしめたと思い込み、子作りは御跡切家には厄災しかもたらさないと考えて未婚で過ごした。しかし後年に二十歳ほど歳の離れた女性から、明らかに経済力と名声を目当てに言い寄られる。面倒に思ったので富にも名声にも興味のなかった薊は死ぬ前に結婚してやったが、不幸にして子供が産まれた。それが四葉だが、母親は薊が研究ばかりで自分に目もくれないことや、これまでの御跡切一族の中では一番何の功績も残していないこともあって、二人を置いて蒸発した」

「勝手なオンナだなー」

他人事として適当に聞いていたキャロットでさえ、薊の生い立ちには反応した。確かに御跡切一族では木蔦が一番不幸に思えるが、薊も近年まで生きていて知らないわけではないだけに、金剛の胸中も複雑だ。

「そして四葉は、母親に捨てられたのは父親のせいだと憎み、今度こそ何があっても結婚もしないし子供も授からないと決めた」

「でも、いつか死ぬでしょ？」

きょとんとした大きな黒目で金剛を見つめる。どこか見覚えがあるような漆黒の瞳。男にしては長めのまつ毛に縁取られ、うまく化粧でも施せばまだ少女でも通せるかも知れないな、などと金剛はわざと考えをずらす。

「死ぬよな、普通なら。ただ、本人曰く死なないらしい。それは脳や心臓まで機械化して生き延びる術を見つけたということなのか、糸杉のように脳のデータを保存してそれに何かしら手を加えた形で〈生きる〉と表現できるものになるということなのかはわからない。ちょうどそれくらいの頃に、俺と四葉がバトっちまったから、詳細が聞けなかった」

「わぁ、喧嘩別れしちゃったんだ？」

「ま、そういうことだな。大人げない」

「大人だったの？」

「まぁ、かれこれ十五年は前の話だがな」

「うわ、やっぱり金剛はオッサンだった……」

「年齢詐称はしてないだろうが。お前さんが勝手に若く見積もってたんだろう」

十五年——金剛は自分で口に出して、もうそんなに経つのか、と改めて思った。テーブルを片付け終えて着席していたマキナは、その横顔をまっすぐに眺めている。珍しくそこに表情はなく、考えも読み取れなければ、慈しみのオーラも、不機嫌な雰囲気も受け取れない。完全にロボットだった。

「オトギリさん家《ち》のヒトたちは、じーさん以降はびっくりするほどの天才家系なのに、絶望的なまでに女運がないねぇ。ロボットの研究に入れ込み過ぎて、人間が受け入れられなくなったのかなぁ？　俺はむしろ逆だと思ってたけど」

「そういうのを〈天は二物を与えず〉って言うんだろうさ」

「神様は無慈悲なまでに平等だねぇ」

完全に他人事としてセレンは言う。確かに御跡切一族で名を残した男たちは、憐れみを覚えるほどに女性に関しての運がなかったのかも知れないが、そこに惹かれて不幸になった女性も数名はいるのだ。金剛はそれを思い、やや目を伏せる。

「金剛は何でヨッバさんとバトったわけ？」

ゆったりとセレンが問う。かの御跡切一族の生き残りと旧知の仲だったのにも関わらず、そんな相手と親しかった経緯などにはまったく興味を示さない。セレンにとっては目の前にあるものが現実のすべてで、結果が既にあるのなら、それ以外の選択肢でのエピソードなど些末なことなのかも知れない。

「さぁ、どうしてだろうな。今になってみると、何をどうしてそこまで憎むようになったのか、正直わからんよ。若かった、の一言で片付けるのは簡単だが、俺の人間としての本能が、どうしても四葉の意見を受け入れられなかったからなのかもな」

「人間としての本能……？　それはヨッバさんにはなかった、ってこと？」

「あったかなかったかはわからないが、少なくとも俺とは相容れなかった」

「その本能っていうのは？」

セレンはテーブルに両肘を付き、手のひらに顎を乗せる。どこかその仕草が愛らしく、年頃の女性がやると嫌味なのに、何故男であるセレンだと可愛らしく思えるのかは謎だ。

「……四葉は、ロボットに繁殖機能を付ける研究にずっと熱心だった。もちろん、ロボットの内部に小さな工場を作って、さらに小さなロボットの作業員を配置してロボットを作るって話じゃない。人間の生殖器と同じ細胞をロボットに移植して、ロボットが人間を産めるようにしたいらしい」

「は？　意味わかんねぇ。人間の細胞からできたら人間だけど、産まれるのはロボットから？　人間から産まれたら人間、人間が作ったらロボットだけど、ロボットの体内で人間の細胞が産んだ子供は、どっちの扱いになるのかな？」

思ったより理解が早かったセレンは、脳内で浮かぶ疑問を漏らさないように、早口でまくし立てた。金剛はゆっくりと頷く。

「お前さんがまともな神経の持ち主で良かったよ。『別にいいじゃん』なんて言われたら、俺は自分に自信がなくなるところだ」

「いや、それはだって、普通金剛が正しいと思うよ？　ヨツバさんは、もしそれが成功したら、その子供をどっちに定義付けるつもりだったの？」

「そりゃあ、人間に決まってる。ロボットなら、わざわざそんな大掛かりで面倒な仕組みを考えなくても現状で十分だろう」

「それはそうだけどさ」

事実、金剛がまだ四葉と縁があった頃は、そんな技術が成り立つはずもなく、人類は地道に人口減少を食い止めていた。ロボットの数が人間の人口を上回るようなことは決してないように管理され、調整もされる。セレンが施設で聞いた一体のロボットの自爆も、多分プログラムされていた時期が来ればそうなるようになっていたのだろう。

十ヶ条や五条約は表面的には知っていても、そこに含まれている言外の深い意味までは一般人にはわからない。そのための有資格者であり、機密情報なのである。彼らはすべてを理解しているはずだ。もちろん、金剛も、四葉も。

「一般的に考えるなら、最低条件として人間の卵細胞と精子がいる。だがそうなるとそれらを生み出す機能が必要になる。さらにはそれらを働かせるための臓器が不可欠で、どんどんと必要な人体構成物質が出てくる。いくら何にでも化けられる万能細胞があっても、一つ一つの細胞からあらゆる臓器を作ったとして、それを繋げただけでは人間はできあがらない。形にはなるんだろうが、果たしてそれを人間と呼べるのか？　使ったのは人体構成物質と同じ人間の細胞であっても、生み出したのは人間の手だ。その定義はロボットと同じだ。なら逆も然りとなる。違うか？」

金剛は困ったようにセレンに問う。セレンも頭の中を整理しながら、難しい顔で唸っている。

キャロットだけがはっきりと「何かちげーよなー」と言葉にした。

「ロボットという人間が作った人工的なパーツでできた機械人形の中に、万一仮にでも、人体構成物質でできた繁殖機能が付いたとしよう。ならばそれは人間か？　アセンションするわけか？　たとえそいつがロボットであることに変わりはなくても、産まれてきたモノを人間のカテゴリに入れてもいいものか？　俺には理解できなかった。今でも、まだわからない」

「中途半端だね」

長い前髪を自分で引き下ろしながら、困ったようにセレンが言う。考えたところで答えが見つかるわけでもないし、難しいことは苦手だ。けれど、金剛が本気で四葉を気に掛けていて、人類の定義が根底から覆されることを心配しているということは、肌が痛むほどのピリピリした空気感で伝わってきた。だからこそ、考えることを放棄できないし、いい加減な返答をするわけにもいかない。

「宇宙人にさえ対抗する手段を持たずに、この壊れかけた惑星で生き延びるために機械化してきた人間が、そんな神の所業に手を付けようとしている。倫理的な問題もあるが、それはそっちの専門家が話し合ってくれればいいさ。ただそれ以前に、四葉は何になりたいんだ？　もちろん俺は訊いた。その答えは」

「――神様？」

気怠い仕草で顔を傾けて、セレンが先回りをした。大きな黒目に純粋な疑問符が浮かんでいる。

「そうだろう？　神の域に人間のままで手を掛けるわけにはいかない。ならば自分は神になると、あいつは言った。しかも、神になりたいわけじゃないらしい」

「順番が逆なんだね」

「お前さんは本当に、機械に関することになると途端に頭の回転が速くなるんだな。えらいもんだ。そうだよ、四葉は神になりたくてロボットに人間を産ませるわけじゃない。ロボットに人間を産ませるために、神になると言った」

「神様は途中過程とか役職とか、そういう考えなんだね。肩書きみたいなさ。自分は子供を授かる気はないくせに、どうしてロボットに人間を増やさせるんだろう？　普通にロボットを減らす方が早くない？」

「早いのはよっぽど早いさ。しかしその口ぶりじゃ、お前さんはやっぱり知らないか」

「やっぱり何かのカラクリがあるんだ？」

「世の中うまい話ばかりじゃないからな。ロボットの定期メンテナンスと称して、事実上定期的に多くのロボットが処分されてる。人間が発注した分増えるわけだから、どこかで削るしかない。もともと伊呂波や国家直属の機関に属するロボットには、あらかじめ寿命みたいなプログラムが組み込まれているから、お前さんが例の自爆場所を知るに至ったわけだが、それ以外での回収は簡単じゃないからな。所有者を認識制にしてあるのも、まぁいわゆる野良みたいになるロボットをなくすためだよ」

「……そっか。そりゃそうだよね。でなきゃもう今頃とっくに人口じゃロボットの方が増えてないとおかしいくらいだもんね。いくら十ヶ条や五条約があったって」

ふぅん、と納得したようにセレンが息を吐く。だからあの教育ロボットは、まるで退職する会社員のように周囲の同僚のような立場のロボットに挨拶をしていたのだ。死の恐怖を知らず、美しく散ることを義務付けられた国営施設の教育用ヒト型機械。

「結局人類はな、ロボットを自分たちの手で作って、自分たちが制御していると思ってはいても、万一のささやかなきっかけで自分たちがロボットに支配されることになってしまうのをどこかで恐れている。人間の本能なんだろう。だから何とか人類の子孫を繁栄させるために、昔以上に生殖医療の分野が強化されて、確実に実績もできている。それでも人間が人間を産み落とすのはそう簡単なことじゃないんだ。体外受精や、卵細胞や精子の保存技術がいくら上がったところで、人間は決められた速さで、少しずつしか成長しないから、次の子孫を残せる肉体になるまでだけでもかなりの時間がかかる。ロボットなら短期間でいくらでも成人を作れるし、歳もとらなければ死にもしないからな。普通に考えれば増える一方だろうよ」

「数が多ければ、それがまとまると人類に成り代わって地球の支配者にもなり得る、ってこと？」

「そんなところだな。しかし愚かな人類は、それに気付くのがあまりにも遅過ぎた。宇宙人という未知の対象に気を取られ過ぎたのかも知れない。目を逸らしていい面しか見えないことにするのは、人間は大の得意だからな。果たしてロボット時代に突入したのは正解だったのか？　人体の機械化は正しかったのか？　とは言え、もう人類には希望なんて残されてはいない。機械の身体になって過酷な環境の地球上で憐れに生き延びるすべを探し続けるか、ロボット兵器を作り出して宇宙侵略に出るか。シンプルな二択だ」

むーん、と唸りながらセレンは考える。人間より増やせない、増やしたくないロボット。人間でなくロボットに産ませたい人間。御跡切四葉の考えていることが、まったく読めない。何がしたいのか。神でさえ通過点なのであれば、彼は最終的に何を目指しているのだろうか？

「でも世の中おかしいことばっかりだよね」

一旦頭の中を整理するつもりで、セレンは話題を転換した。金剛が片方の眉を上げて興味深そうな顔をする。

地下生活が長いせいか、あまり日焼けをしていない金剛は、雰囲気に反してそう色黒ではない。ごく一般的な肌色だが、真っ白なボディのキャロットに傍そうに色白なマキナ、不健康そうに貧弱な肌色のセレンが囲んでいると、やはり一番肌の色は濃かった。

四季がなくなり、年中命を削るような酷暑日の世界では、外界は生身の人間にはキツい。紫外線だけでなく可視光線からの悪影響をカットするスプレーやクリームは必須だし、髪を刈り上げるくらいの気持ちでいなければ頭から火が出そうだ。帽子など熱がこもるだけで何の役にも立たない。敢えて白髪に脱色したり、コールドスプレーのコーティングで頭部を保護しているが、機械化した身体であれば耐えられる。熱伝導率の低い表面コートのテクスチャーのおかげで体表温度は上がらないし、汗をかくことも暑いと感じることもない。

セレンは両脚の改造を繰り返し過ぎてテクスチャーはほぼない状態だ。長いパンツを履いているのは、見た目が周囲に不快感を与えるからという理由でもあるが、すぐに高温になるため保護の意味の方が実は強かった。改造を重ねるうちに熱暴走を抑える程度はできるようになったが、それでもどんどん近付く太陽に照りつけられれば、ガラクタでできた貧弱なパーツはすぐに劣化する。

「今に始まったことじゃないが、お前さんが一番おかしいと感じているのは何だ？」

口角を上げて目を細める金剛は、セレンの回答を楽しみにしているようだ。しかし、好奇心はあるが、どこかで揚げ足を取ろうというような悪意は見えない。純粋に、セレンの考えを聞きたいだけなのだろう。

「うーん、だって人間だロボットだって分けてさぁ、十ヶ条だの五条約だので主従関係を保ってお互いを縛ってさ。差別化して約束事をいっぱい作って。それでも人間とロボットは共存関係っていうの？　そもそも人間がロボットを生み出して、どんどん高性能にしていったから、どうだすごいだろう、みたいになってるんじゃないの？　それでロボットより優位に立ってるつもりなのかも知れないけど、実は怖いからセーフプログラムのインストールが必須だったり、内密に処分されたりしてるわけじゃん？　なーんか人間ってやってることと考えてることが一致しないっていうか、いつも後手なんだよね」

「なるほど、確かに人類は対宇宙用にロボット開発を進めた側面もあるからな。何にでも気付くのが遅れる。憐れな生き物だよ」

金剛は我が身を恥じるかのように言う。どこか思い当たるものでもあるように。

「ロボットにだってねぇ、感情はあるじゃない？　芸術的なものを作り出すこともできるし、それに感動したり涙を流したり愛したりもする。何せ、人間が胸を張って生み出した高性能な成長型ＡＩがあるからね。学習能力が高いのは当然だけど、空気も読めるし、相手の表情や口調から、体調不良や機嫌の良し悪しや精神的な不安定さまでわかる。もちろん、自分が周囲の人間にどう思われてるかも知ってるし、それに対してどんなふうに振る舞って見せるのが一番効果的で適切なのかも計算できる。金剛は有資格者だから、もちろん知ってるでしょ？」

「そりゃまぁな。これでも天才学者の端くれだ」

自虐的に笑って金剛は認める。セレンの言葉の続きを察したのだろう。

「人間はあくまでそれは決められたプログラムに沿った行動だって言うけど、実際はアレ、本質的な感情だと俺は思う。仲間が自爆すると知れば別れを惜しむし、人間の悪意ある言葉で傷付くし、憎しみや悪意だって感じてるんだよ。ただ、ロボットだから感情の抑制や制御は難なくできる。それをできない人間の方が、よっぽど未熟だと思うけど」

「えらくロボットに肩入れしてるのは、育ての親だからか？」

「どうかな。それはまったくないとは言わないけど、少なくともロボット自身は俺にはそんなことは一言も言わないよ。愚痴一つ零さずに淡々と仕事をするけど、優しくて慈悲深くて穏やかで、多分人間の親よりよっぽど子供を育てるのはうまいと思う。施設を出てから一般的な、いわゆる普通に人間の親に育てられた同い年の人間と関わるようになってわかったけど、人間の親の方が子供を洗脳する力が強いんじゃないの？　俺を育ててくれたロボットはみんな普通に優しかったし、もちろんダメなことをしたら上手に叱ってくれた。子供の人格否定をするとか、存在そのものを否定するようなことは絶対しなかったし、言わなかったよ。おかげで本来の意味での人間社会に出てからは、違う意味で苦労もしたけどさ。それって実は、普通に人間より優れてるってことだと俺は思うんだけど、違うのかなぁ？　感情的な人間じゃなくて、きめ細かいケアができるロボットが教育した方が、よっぽど世の中が平和になる人間が育つ気がするね」

心底不思議でならないという表情でセレンは目をしばたたかせる。マキナを見ると思いがけず目が合って、少し驚いた。やはり穏やかな空気が揺れる。

「お前さんは、人間のことよりも遥かにロボットに詳しいんだろうな」

「まぁ、人間と関わるよりずっと長く一緒にいたからね。大昔の伝説の、オオカミに育てられた人間の子供みたいなもんじゃない？　まだ人間の言葉や読み書きを教わってるだけマシだろうと思うけど」

「反論するつもりはないんだが、俺は人間にロボットよりも多少は有利な点があるとすれば、それは感情的になれることだと思ってる。ただ、普通はロボットほど完璧にはできなくても、己を抑えようとはするもんだ。うまくいくかどうかはそれぞれだがな。そして、感情を抑えるほどに心の中にいろいろと溜まっていく。けれど、それが抑えきれないほどに膨張した時の爆発力は計り知れないものがあるだろう？　人間にはそれができる。もちろん、うまくコントロールできないことの方が多いから、結果がどうなるかはわからないのが難点なんだが」

「それはロボットにはできない？」

「さぁ、どうだろうな。もしかしたらできるのかも知れない。人間が知らないだけで、実はものすごい膨大な力を蓄えているのかも知れない。そこは否定できないよ。すぐ顔や言葉に出る人間と違って、ロボットは感情を隠すのがうまいから」

セレンはちらりと隣のキャロットを見る。

「ンだよ」

「いや、お前なら何かわかるかなって」

「わっかんねーよ。テメーにわかんねーモンがオレにわかるかよ」

「いつもわかるじゃん」

「それはテメーと同意見の時の話だろ？」

「じゃ、今は同意見じゃないんだ？」

「だからわかんねーんだって！　テメーの言ってることもわかるし、これまでもずっと聞いてきたけど、コンゴーが言うのは初めて聞く話だったから、すぐに判断できねー」

粗雑なわりには、繊細な思考をするらしいキャロットは、口調に似合わない愛らしい声で困ったように垂れた耳を振り回す。誰にも当たらないが、左右で違う動きができるのは特技なのか不具合なのかは測りかねた。

「相手より優位に立ちたければ、もちろん相手より実際に優れた部分が多いに越したことはない。もしも優れた点が少なかったとしても、捉え方によっては短所でさえいい方向に解釈できる能力があるかどうかに、人間の気持ちはかかってくる」

「そういうの、わりと得意なヒトいるよね」

「お前さんは苦手か？」

「うーん、得意ではないかも。何だか自分に嘘ついてるみたいでヤだもん」

「素直なんだな」

「器用じゃないだけだよ」

謙遜ではなく、まったく不甲斐なさそうに言うセレンに、金剛は再び手を伸ばして髪をぐしゃぐしゃと撫でた。

「なぁ、少し込み入ったことを訊くが、いいか？」

「嫌なら答えなくていいなら」

「ああ、構わない。お前さんはその、両親に捨てられたと感じたりして、恨んだり憎んだりしたことはないか？」

まったく話が変わったので、セレンは少し驚いた。先の話とどこか繋がるのだろうか？

「べっつにー？　だってどこの誰かも知らないし、記憶の片隅にもないし、もう母親ってヒトは死んでるらしいしさ。想像もできない相手を、好きも嫌いもないよ。まぁ、ちゃんと施設に引き取ってもらえるようにはしててくれたわけだし、名前もくれたから、何か事情があったんだと思ってる。生涯俺は、それが何なのかを知ることはできないけど、親の手で殺されたり、産んだことを後悔してるなんて言われる人間だっているってことを思えば、全然平気」

「本心から？」

「ここで取り繕ってもしょうがないじゃん。ちゃんと産んで、身体も直して、生きていける場所に置いてってくれたことには、むしろ感謝してるよ。捨てられたなんていう気持ちはないなぁ。だって産まれてすぐの話じゃん。捨てるなら産まなきゃいいのに、敢えて外の世界に産み出したってことは、俺は憎まれて産まれたんじゃないと思ってる。まぁ、希望がだいぶ入っている解釈だけどね。真実がわからないなら、いいように考えた方がいいでしょ」

「そうか。強いな」

どこか安心したように金剛は呟く。ポンポンとセレンの頭頂部を軽く叩き、続けた。

「しかし父親は生きているんだろう？　会いたいとか、誰なのか知りたいとか、考えることもないのか？」

「ないねぇ」

セレンは即答する。のんびりした口調には棘はなく、あくまで世間話的だ。

「確かに父親が死んだとは聞かされてないから、きっとどこかで生きてはいるんだろうけどさ。いや、実はホントに考えたことないよ。だって以呂波だよ？　国立の施設に預けるってことは、生涯引き取る意志がないってことでしょ？　だから施設を出る時にもまったく情報を与えられないんだもん。それならこっちから探して出向いたところで歓迎されるとは到底思えないし、そもそも何の手掛かりもないのに探せないよね。母親と同じで、覚えてもいないのにいきなり父親を名乗る相手が現れたら、むしろ俺は引くね。『わー嬉しい！』なんて気持ちにはなれそうにないよ。想像もつかない」

「案外ドライなんだな。熱血的なところがあると思えば、根っこの方は冷静沈着そのものじゃないか」

「実はロボットだったりしてねぇ」

ふふ、と冗談を言うセレンの目は、やや眠そうに見えた。まだ昼過ぎだが、久々に満腹になって眠気に襲われたのかも知れない。

「金剛はさぁ」

とろんとした口調のまま、セレンは続ける。「うん？」と返事をすると、両手に顎を乗せた姿勢のまま目を閉じた。

「家族とかは？　あ、今はマキナさんが奥さん？　なんだろうけど。自分の親とか、そういうの」

「ああ、お前さんにだけ訊いておいて、自分のことは何も言わないのはフェアじゃないな。だが俺にもあまり話すことがないんだ。両親は若い頃に事故で死んだ。姉もいたんだが、自ら死を選んだ」

穏やかな口調で滑らかに言う金剛の言葉に、セレンは途端に大きく目を見開く。両手を解いてテーブルに置いた。

「あの、何か、ごめん」

今にも頭を下げそうになるセレンを両手で制して、金剛は笑った。

「はっは、構わんよ。別に大したことじゃない。親は子供より先に死ぬもんだし、姉にも事情があったんだろう。人それぞれ自分の人生だからな。事故だろうと自死だろうと、それはそれだ」

「じゃあ、ずっと一人だったのか？」

「まぁ、成人するまでは両親は生きてたから、国の援助も何もなかったけどな。だが当時は俺も既に仕事があったし、それなりに稼ぎもあったから不便はなかった」

「でも、一人は淋しい」

ポツリとセレンが自分の言葉を吐く。金剛はそれを掬う。

「――そうだな。それに、当時は他にもいろいろと重なったからなぁ。さすがの俺でも滅入ってしまった。唯一の希望が残されていたおかげで、俺はまだ生きていられるんだけどな」

「唯一の、希望？」

「ああ。俺のとても大切なモンだ。お守りみたいなものかな。お前さんにとっての、チビちゃんみたいなもんさ」

「そっか……良かったね、希望だけでも残ってて」

「ああ。感謝してるよ」

まるでセレンに言うように金剛は微笑んだが、安心したのか当のセレンはカクンと頭をテーブルに置いたかと思うと、途端に静かな寝息をたて始めた。あまりの唐突さに、さすがの金剛も目を大きくする。

「あー、コイツいっつもこうだからダイジョーブだぜ。眠くても限界まで起きてるから、いきなり糸が切れたみたいに寝ちまうんだよ。死んだかと思うよなぁ」

隣でさらりとキャロットが言うので、セレンの睡眠時間は特に決まっておらず、眠くなれば寝るし、睡眠より重視するものがあれば起きているのだと知った。施設を出て初めて規則に縛られない自由を得た反動なのだろう。学苑での生活はどうだったのか、多少気にはなったが。

「そうか。じゃあ静かな部屋に横にならせてやるかな」

金剛が立ち上がり、そっとセレンの椅子を引いて抱え上げる。セレンは充電の切れたロボットのように脱力していて、無防備に眠っていた。きっと多少のことでは起きそうにないだろう。

「ごめんなーコンゴー。俺が人間サイズだったら、コイツくらい担いでやるんだけど」

「チビちゃんはセレンが好きでその姿にしたんだろう？　それならいいじゃないか」

マキナに目で合図して、金剛はキャロットとキッチンを出た。マキナはエプロンを着け直し、洗い物でもするらしい。キャロットは入ってきたのとはまた別の扉から現れた階段で上に上がり、いくつかあるうちの一番奥の部屋にセレンは運ばれた。

「客人を招く予定はない場所だからろくな環境じゃないが、横になれるだけいいだろう？」

キャロットに手伝わせて床に厚めの布を敷き、腹の部分にだけ大判のタオルを横長に起き、空調を整える。

「すげーいっぱい部屋あんじゃん。誰も来ねーのに？」

「マキナの部屋だよ。あいつは気まぐれだから、毎日違う部屋にいるんだ。一応自分の部屋はあるんだけどな」

「へー」

セレンが施設に紹介されて住んでいた部屋しか知らないキャロットは、金剛とマキナだけしかいないのに、数多くの個室があるらしい造りに驚いた。一つの部屋にセレンとキャロットは住んでいたが、ここは部屋数の方が遥かに住人の数を越えている。

「お前さんはどうする？　下に戻るか？　ついてってやるか？」

「目が覚めた時にオレがいねーとうるせーから、ここにいる」

「はは、過保護だな」

「ちげーよ、セレンが甘え過ぎなんだって」

「目が覚めた時に誰かがいるっていうのは、実はすごく嬉しいことなんだよ。一人は淋しいからな」

「コンゴーもセレンも、人間は淋しがり屋なんだな」

「そういうお前さんも、ついててやりたいんだろう？」

「そりゃー、別にオレが淋しいからじゃねーし！」

はっはー、と豪快に笑いながら、あっさりと金剛は部屋を出ていった。キャロットは部屋のドアが閉まるのを見届けてから、セレンの顔の横で丸くなる。

「……ったく。オレが淋しいみてーじゃねーかよ」

ボヤきながらも、主人が目を覚ますまではそこを離れないのだった。


「なーあ、コンゴー。今いいか？　忙しいとこ邪魔してワリィけど」

本当に夜になり、一旦顔を出したセレンが再び「夜だしな」と言って強制的に眠るために部屋に戻ってしばらくすると、最初にいた研究室のような部屋でドア側に背を向けて何やら見入っている様子の金剛を発見した。部屋数が多いので探すのに苦労しそうだと思ったが、ひとまず学者ならば夜に研究室というのは鉄板だとセレンを見て知っていたので、キャロットは無駄なく相手を見つける。

振り返らずともその儚い少年のような、可憐で強がりな少女のような声で来訪者を知った金剛は、ゆっくりと振り返る。

「んー？　コレが忙しそうに見えるかぁ？　どうした」

初めは顔をモニタに近付けていてキャロットからは見えなかったが、金剛が振り返るとそこに粗い動画が再生されているのが見えた。人間の笑い声や話し声が聞こえる。どうやらそうとう古いフィクション・チャンネルのコピーらしい。何か面白そうに大勢が笑う声が聞こえて、金剛もぶはっと吹き出して手を叩いて笑った。

「あー？　何見てんだ？」

仕事ではないと察したキャロットは軽く障害物を飛び越えて金剛の隣に駆け寄る。笑えるような内容の動画なのだろうか。

「コレはな、世の中に動画が取り入れられ始めた黎明期の頃の骨董品だよ。人を笑わせるのが仕事っていう、平和な職業の二、三人の人間がくっちゃべってるだけなんだが、それが何故かめちゃくちゃ面白くてなぁ。さすがそっちのプロなだけあって、センスあるんだよ、人をうまく笑わせるセンスが。数百年経っても笑えるなんて、ものすごい文化があったと思わないか？　はっはっは」

また面白い場面になったらしく、金剛は声を上げて楽しそうに笑う。

「あー、すまんすまん。それでどうした？　飼い主が寝て暇になったのか？」

再生していた動画を一旦停止させて、金剛はキャロットに向き直る。

「いや、アイツがいると話せねーし」

「何だ、わりと真面目なやつか？」

まだ口唇の端に笑みを残していた金剛だったが、キャロットの言葉に急に引き締まる。

「オレはいつだってマジだよ。っつーかさ、めんどいから直球で言うけど、俺の改造してくんねーか？」

「おいおい、お前さんも一応十ヶ条は入力されてるんじゃないのか？」

「知ってはいるけどよー。アイツ、オレにそのプログラム入れてねーんだわ。知識としてはあるけど、セーフモードが組まれてねーから、オレは自分の意志で何でもしていいみたいなんだよな」

「そりゃ、えらく信頼されてる証拠じゃないか。しかしプログラムが入ってないんなら、自分で改造すればいいんじゃないのか？」

「無理だろ。だってアイツ、コンゴーみたいに設計図とか書かないでオレを作ったんだぜ？　それに途中で何度もアップデートされてるから、オレ自身がオレの構造をよくわかってねーんだ。全部アイツの頭ン中だからな。けどコンゴーだったら天才だし、もしかしたらオレを改造できんじゃないかと思ったんだけど」

　垂れ耳をゆらゆらさせながら、キャロットはボヤくように言う。

「それはえらく過大評価されたもんだなぁ。とは言え、俺は天才だから、一旦お前さんを解体《バラ》してもいいならざっと見ればわかるし、設計図の描き起こしもできるさ。希望通りにしてやれんことはないが、セレン本人がお前さんを自由にしたのは、別にプログラムの組み忘れとかじゃあないんだろう？　だったらあいつ以外の誰も、お前さんを解体《バラ》すわけにはいかないんじゃないか。少なくとも俺は、そういう変なところで義理堅い古い男だから、お前さんの気持ちもわからんでもないが、作り手の気持ちもわかる。自分がそうだからな」

「……そっかー。まぁそうだよな。オレのせいでコンゴーがアイツに責められんのも悪いし、すまん、なかったことにしてくれ」

「ああ、俺は何も聞いてないよ。所詮作り手にしかなれない人間の俺にはお前さんの真意はわからないんだろうが、同じ〈作られた立場〉の奴に相談してみたらどうだ？　その方が、もしかすると今まで見えなかったものが見えるかも知れん」

「作られた……？」

「上の階にいるだろう。気まぐれだから、今はどの部屋にいるかはわからんが、適当に部屋のドアを開けて探してみな。見られてマズいモンはないから、遠慮なくどこでも探してこい」

マキナのことか、とキャロットは理解してハッとする。

「お、おぅ。サンキューな、コンゴー」

「俺の嫁に手ェ出したらマジで解体《バラ》すからな」

「出さねーよ！」

ははは、と快活に笑って、金剛はキャロットを急かすように手を払って追い出した。ネコにもウサギにも見える短い脚で、白い塊は身軽に駆けて行く。

「……〈作られた立場〉でも、悩みはある、か。本当のことを何も知りもしないで、俺も無責任に言うよなぁ」

ボソリと呟いた言葉は、改めて再生を始めた動画のモニタ内で沸き起こった爆笑の渦に飲み込まれた。

「マキナー？　マーキーナー」

一応自分の家ではないし、好きに探していいとは言われても、あちこちの部屋を開けて確認するのはどことなく躊躇《ためら》われて、キャロットは鼻歌のように名前を呼ぶ。

キャロットはロボットなので、もちろん精細な嗅覚センサは標準装備されているし、幾度もの改良を経てかなり的確な鋭さを誇っている。現実的な匂いはもちろんのこと、他人の悪意や腹の中の黒い考えまで読み取れるのは、感覚的にセレンが自分と同じものを与えたおかげでもあるが、成長型ＡＩがさらに進化を促している。だからこそ、今日パトロール隊が来る直前にセレンと同じように危機を察知することができたのだ。

そう、生身の人間はもちろんだが、ロボットにだって匂いはある。製造者の趣味や購入者のオーダーによって、それらしい匂いが人為的に与えられる場合もあるが、工業用のロボットなら職場となる工場や取り扱う素材の匂いが残るし、主人が女性ならその人物の匂いは男性よりも移りやすい。

完全に新品のロボットなら、できたての素材の匂いが新しさを強調するように匂うし、つまりはどんなものでもある程度の匂いはあるものだ。

だから、マキナがこの階にいるとだけ教えられれば、キャロットはその嗅覚センサでロボットの匂いを探すだけで良かった。しかしこの施設はやたらと機械部品やガラクタなどが多く、さまざまな匂いが混じり合って想像したよりややこしい。

さらに言うなら、最初にマキナと出会った時に無意識に個人を特定する匂いを記憶するために個体識別プログラムを走らせたが、あまりの無臭さに驚いたこともあったので、意図的に隠されているような気もしていた。

階段を上りきって立ち止まったキャロットは嗅覚センサに感覚を集中させるが、多くの機械臭が邪魔をするし、個性的と言えるような匂いのなかったマキナを察知することができない。キャロットの目には当然サーモセンサーも入っているため、その体温で生き物がいればわかるようにもなっている。ロボットであっても稼働すれば多少は温度は上がるし、子育てロボットなどのようにわざと人肌の体温を再現している個体も多いが、やはり発熱部位や温度が人間と必ずしも一致するわけではないので、ヒトとの違いはある。

逆に人間の肉体のほとんどが機械化されていたとしても、一部でも人間特有の構造があれば、極限まで機械化された人間と、限りなく人肌に近い体温を持たせているロボットが並んでいても、どちらがどちらなのかはすぐにわかるのだ。

しかし嗅覚でも視覚でもマキナを探せなかったキャロットは、仕方なく最後にアナログな手段を試すことにした。要するに、片っ端からこの階の部屋のドアを開けていくのである。無遠慮だとは思ったが、一応この施設の主である金剛がいいと言ったのだし、仮にマキナが着替え中などの際どいタイミングであったとしても、あちらはヒト型でこちらは動物型だ。そもそも、機械の女性の裸を見たところで、お互いに何がどうなるわけでもない。

――まぁ、金剛には秘密にしておいた方がいいとは思ったが。

「しょーがねぇな。失礼すっか」

この階の部屋で一番マキナがいる可能性が低いのは、セレンに充てがわれることになった奥の部屋だ。ならば階段を上りきった目の前の部屋が、一番遠いことになる。ダメ元で「マッキナー」と呼びかけながら開いてみると、きょとんとした表情で愛らしく首を傾げたマキナと目が合った。

「うっわ、一発で当たりかよ。自分でもビビんじゃん」

キャロットは自分でもまさかと思ったのでやや仰け反った。

「ごめんなー、コンゴーから上にいるって聞いてよ。話してーなーと思ったんだけど、今いいか？」

言葉遣いは丁寧とは言えないが、可憐な声と神妙な呂色の目に悪意が見えないため、不快になることはない。マキナはニッコリ微笑んで、「ええ」と言った。

「お越しになるかと思っていましたから。どうぞ」

「え？　マジで？　何でわかったんだろ」

言いながらもキャロットはドアを閉め、マキナが指し示すソファの上に飛び乗った。

「セレンさん以外とお話しするのは初めてですか？」

意外に重みがあるらしく、キャロットの隣を軋ませながら静かに腰掛けたマキナが問う。

「おー。人間もセレンしか知らねーし、ロボットは部屋の窓から見たことしかねーから、全然わかんねー」

困ったように耳をパタパタと振り回して言うキャロットを見て、マキナは黙って自分の腿の辺りをポンポンと叩いた。条件反射的に、キャロットは飛び乗る。いつもセレンがそうするからだ。しかし何故マキナがそうするのかわからず、金剛を思い浮かべたキャロットは「やべ」と呟いた。

「ふふ、金剛に何か言われたのでしょう？　どうせ『俺の嫁に手を出すな』なんてことなのでしょうけれど」

「そーなんだよ。解体《バラ》すって脅された」

「できもしないことを言うんですよねぇ、あの人は時折。なのに、何も言わないで勝手にやってしまったりもする。困った方です」

「マキナのダンナなんだろ？」

「私が金剛の嫁というのが確かなら、金剛は私の旦那様になるのでしょうねぇ」

口元に手を置いて、クスクスと上品にマキナは笑う。同じ機械の脚なのだが、マキナの上はセレンの脚の上よりもどこか柔らかな気がした。機械の脚に性差などないはずなのに。

「何かマキナ、あったけーな。セレンの脚は機械だからオレとたいして変わんねーんだけど、マキナは違う」

「一応、人肌の体温になっています。セレンさんは体表を覆うテクスチャーがないのでしょう？　私はテクスチャーで覆われている分、体温が持てるのですよ」

「何でセレンの脚にテクスチャーがないの知ってんだ？」

「あら、大方わかりますよ。どこか金剛に似ているせいでしょうか。自分のことは案外疎かと言うか、後回しにしがちでしょう？」

「そうなんだよ、俺のパーツばっかりいいやつ使ってよー、アイツの脚のパーツはそこらのガラクタ片だぜ。――っつーか、それの話をしたかったんだ」

思い出したようにキャロットはマキナの腿の上で見上げる。膝の上の小動物を愛でるようなマキナと目が合った。

セレンは脚だけが機械なので、寝ている間に胸に乗ったりすると「死んだらどうすんだ、このバカ」と言われるが、たかだか七キロやそこらの塊が胸部に乗ったくらいで人間が死ぬものなのかどうかは、キャロットは知らない。ただ、セレンの言葉を聞く限り、死なないまでも苦しくはあるようだったので、主にアラームで目覚めなかった時に敢えて乗るようにしていた。

キャロットは女性型ではあるが、全身が機械のロボットだ。セレンより温かく柔らかい脚ではあるが、たとえ手のひらに乗ったところでどうなるでもないだろう。キャロットは全体重で七キロなので、わりと分が悪いと思う。もちろん、マキナと戦うなど想定してはいないが。

「オレさぁ、十ヶ条入ってねーんだよ」

「そうでしょうね」

「何でわかるんだ？」

「私も同じですから」

ふふ、と柔らかく微笑んで纏う空気を穏やかに揺らす。キャロットは驚いて耳を脱力したため、垂れ耳がぺたりとマキナの脚の上に落ちた。

「マジでか⁉　まさかセレンみたいなアホな人間が他にもいるのかよ。ってか、コンゴーって天才じゃなかったのかよ。わけわかんねーな」

一気にまくし立てて、キャロットはポカンとマキナを見た。相変わらず穏やかで温かい。

「あ、だからマキナはコンゴーをメシ抜きにしたりできるんだな？」

「そうかも知れませんね。人間は食べないと命に関わりますから、きっと十ヶ条に引っ掛かるでしょうし」

「へー。でも殺そうと思ってメシ抜いたわけじゃねーんだろ？」

「ええ、それはもちろんです。ただ、私を怒らせたらこうなりますよというのを示しただけですよ」

「コンゴー、めちゃくちゃビビってたもんなー」

昼のやりとりを思い出し、キャロットは口元で含み笑いをする。

「けど何でコンゴーはマキナに十ヶ条入れなかったんだ？」

「〈思うままに生きろ〉というプログラムしかなかったんですよ。その〈思うまま〉が、目覚めた時に初めて目にした相手を殺す、なんてことだったらどうする気だったんでしょうね。本当にバカな人」

悪口ではあるものの、声音は愛情に満ちていた。セレンがキャロットに暴言を吐く時も、汚い言葉遣いをしても温かく感じるのと同じだと思った。そしてきっと、自分がセレンと口論になる時の口調も。

「そっか。生まれた時から——目覚める前から信用されてたってことなんだな」

「あなたもそうでしょう？」

「うん、そうだってセレンが言ってた。アイツ、オレのことやたら甘やかすし可愛がるし、わりとウゼェ」

苦い表情にはなるものの、心底嫌がっているわけではないことはマキナにもわかる。たとえプログラムが入っていなくても、製作者や主人を憎むなど、簡単なことではないのだ。それが金剛やセレンのような善人なら、なおのこと。

「十ヶ条が入っていないと不便ですか？」

マキナはキャロットの話したいことを大まかに読んで先回りした。機械による計算ではなく、人間が相手の感情を読むように、ごく普通に。

「うーん、今ンとこは別にオレもセレンに恨みはないし、嫌いじゃないから殺したりする気はねぇけどさー。ちょっと前に工場の生産ラインの簡易ロボットが暴走したってニュースあったじゃん？」

「ありましたね」

それはつい先日に配信されたニュースだった。製造業に従事するためだけに作られた、容姿も知能も最低限にした簡易型の量産ロボットがある。それこそ体表のテクスチャーも体温もなく、絵に描いたような四角いロボットたちだ。しかしもちろん、仕事をするロボットとして大手企業に製作を依頼された商品ではあるため、十ヶ条はプログラムされている。そうでなければ販売できないし、販売してしまうのは犯罪となるからだ。

だからその中のある一体だけが、何故暴走してプログラム外のことをしてしまったのか、いまだにはっきりしないらしい。人間に限りなく近く作られる一般的なオーダータイプと違って、ある特別な一つ二つのことが正確に早くできればいいような商用ロボットは、人間らしさなどは与えられない。性格もなければ見た目に違いもない。名前すらないことの方が多いだろう。

たまたまそのロボットは、職務上あり得ないような行動をしてラインを乱しただけで、人命の危機や製作する商品に影響はなかったが、正常に稼働していて暴走を止めようとした他の同僚に当たるロボットが三体ほど巻き添えで爆破したという。

「十ヶ条が入ってたってさ、何かの拍子にプツンってキレたりするってことじゃん？　ならオレなんか何のセーフモードもないのに、自分の好きなことやりたい放題でさー。すっ転んだだけで頭のネジがぶっ飛んでおかしくなっても、わかんねーわけじゃん？」

「けれど、好き放題はされなかったのでしょう？　外に出てはいけないと言われていたのでしょうし」

「……ああ、まぁ、それは……」

　キャロットは途端にモゴモゴとなる。セレンに迷惑が掛かるから、と言うのが少し恥ずかしかったのだ。きっとマキナには言外に気付かれているのだろうけれど。

「それなら大丈夫ですよ。本能というものはすごいもので、強制的なプログラムに勝つ場合があるようです。あなたがセレンさんを傷付けることを心から望まない限り、決して迷惑を掛けるような暴走はしませんよ」

「だったらいーんだけどなぁ……」

　パタン、と一度だけ左耳を持ち上げて落とす。

「私なんてこれでも、十年以上無事なんですから」

「え、マジで？　マキナキレーだから、そんなに経ってるとは思わなかった」

「私もメンテナンスで老朽化したパーツの交換や、新しい機能のインプットなど、いろいろされていますからね。あの人、それらしく製図した紙のようなものを持っていますけれど、ほとんど見せかけですよ。少なくとも私に関する資料は、すべてあの人の頭の中にしかありません」

「えー⁉　セレンとおんなじじゃん！　すげぇ驚いてたわりには、自分も超天才なんじゃん！」

「セレンさんがすごいのは、無から有を生み出したところでしょう。ろくに学びもしないで、何となくというフィーリングだけで成長型ロボットを作れるのは、天才以上ですよ」

「うお、オレの飼い主、実はすげーの？　じゃあ俺が知らねーだけで、何かオレもすげー機能とか備わってたりしねーかな？　マキナは何ができんだ？」

「そうですね、金剛ができることは金剛以上にうまくできますよ。ロボット作り以外は、ですけれど。あとは私はどうも、料理が得意らしいです」

「コンゴーがプログラムしたんじゃなくて？」

「ええ。アーカイブで料理の作り方を検索したりして、あとは私なりにアレンジします。今の時代では手に入るものも減っていますしね」

「それでコンゴーの胃袋を掴んだってやつだな？」

「ふふ、そうですね、できれば掴むだけでなく、捻り潰せないかと考えてはいるのですが」

ふふ、と穏やかに微笑むが、物騒な内容にキャロットはない毛穴が広がるように感じた。マキナはこんなに美しい容姿で、たおやかで控えめなのに、わりと毒舌だ。ストレートに口が悪いだけのキャロットに比べると、抜け目のない女性らしさを彷彿させる。

「もちろん冗談ですよ？」

キャロットが真顔になったせいか、マキナは首を傾げながら一応添えておく。

「だ、だよな？」

ぬくぬくとマキナの膝の上で時折撫でられつつ、目の前に十年以上も暴走せずに持ちこたえているロボットが実際にいることに安心した。

それから特に何ということはない話を取り留めもなく続けて、眠らないロボットたちの夜は更《ふ》けていく。

×××

「あなたには長く生きていて欲しいわ」

「自分のことを棚に上げてよく言うな」

「ふふ、ホントね。私はわがままだから。それをあなたは許してくれるから。甘えちゃってごめんなさいね」

「別に今さらだろうが。人間、いつかは死ぬ。それがいつどうやってかはわからないが、わかる場合もあるってだけだ」

「そうね。ロボットならバックアップが取れるし、壊れたパーツの換えも利くけれど、人間がどんなに身体中の置換可能なパーツを人工物に入れ替えて延命できたとしても、結局最後には死んでしまうの。そして、それは一度きり。何度死んでも生まれることのできるロボットとは違って、ヒトは一度しか死ねないの。それはとても大切なことよ」

「長く生きていれば、いいことがあるのか？」

「それをいいことと受け取るか、つまらないと受け取るかはそれぞれよ。でも、あなたならきっと私の分も」

「自分の命を他人に預けてんじゃねぇよ」

「あら、他人だなんてひどいわ」

「俺は俺以外の人間は他人なんだよ。お前もお前以外は他人だろう」

「いつもそうやって屁理屈をこねるのねぇ。大丈夫よ。私はいつだって、あなたを見守っているから」

「見てるだけじゃねぇか」

「誰にも見てもらえないほど、淋しいことはないわ。たとえあなたが世界でたった一人になっても、私だけは見ている。約束するわ」

「確認できないのは約束って言わないだろう。信じるしかないだけだ」

「強情ね」

「そこはお互い様だろう」

「仕方ないじゃない、私たち、似ているんだもの」

「まったく、腹が立つくらいにな」

「それなら、わかってくれるのね」

「俺はもう駄々っ子の子供じゃねぇよ」

「――ありがとう。あなたと一緒に生きてこられて良かった。じゃあ……」

「さようなら、なんて言ったら怒るからな」

「あら、先回りはずるいわ」

「どっちがだよ。人に長生きしろって言いながら、自分がこれから何をするかわかってて言ってんのか？　さようならなんか、永遠にナシだ」

「……もう、本当に頑固ね。わかったわ。じゃあ、またね」

「ああ、またいつか、どこかで、な」

「私、あなたと……」

「？」

「——きょうだいで、本当に良かった」

第三章

ミーティング・アンド・ミッシング

ヒトは一度しか死ねないのだから

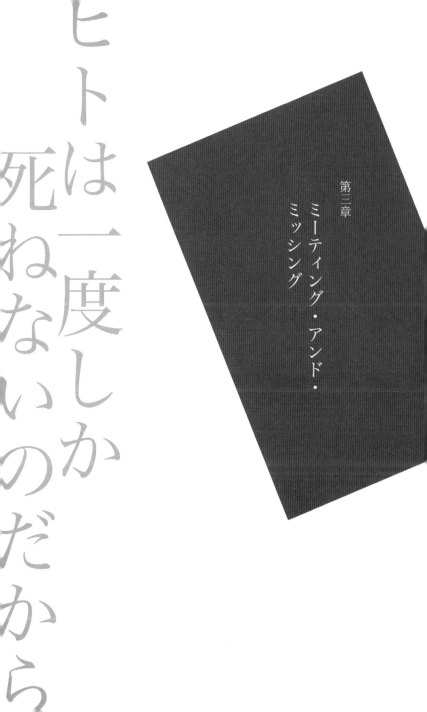

「俺はずっとお前を親友だと思っていたんだが、残念だな」

「それは本当に残念だ。俺は貴様を友人だと思ったことなど一度もないからな。うまく利用できれば有能な人材なのに、人間だからこそ感情がある。まったく、惜しい逸材を逃したものだ」

「そうか。俺はお前の友人にすらなれていなかったんだな。勝手に親友気取りをして悪かったよ。まぁ、今日限りでもう会わないさ。その時が来るまでは」

「そう願いたいね。裏切り者の顔など、二度と見たくはないからな。たとえどんな時が来ようとも」

「はは、ひでぇ言い草だ。ただ一つだけ覚えておけ。俺はいずれお前に返すものがある。どういう形で返せるか、本当にお前のものにできるかどうかは今はわからんが、その時には会うしかないだろうさ」

「ふん、まぁいい。返すと言うのなら、元は俺のものだったということだろう。受け取ろう。その後それをどう扱おうが、持ち主の俺次第ということになるが」

「ああ、うまく扱えることを祈るよ」

「信仰心もない奴が何に祈るのだろうな。最後まで口の減らん男だ」

「最後まで嫌味な男に言われたくはないね」

「はてさて、いつ頃何が返ってくるのやら」

「じゃあ俺は、ここでロストする。研究中の事故、ってことで」

「ならばさよならだな」

「また会う日まで、だがな」

×××

早朝に目が覚めて、少し遠くからシャコシャコと小気味良い慣れた音が聞こえてきたので、セレンは充てがわれた部屋を出てそちらへ足を向ける。ろくに把握していない施設だったが、キャロットは昨夜のうちにさんざん探索したらしく、すぐにその場所へ駆けて行った。セレンも伸びをしながら遅れて到着する。洗面所だった。

「なーぁ、金剛」

「あー？」

振り向いた金剛は泡を吹いたようになっているが、特に驚くことはない。

「おはよーさん」

口から泡を吐き出して、金剛は挨拶する。セレンも「おはよ」と言って遠慮がちな距離で眺めながら訊いた。

「金剛も歯磨きするんだ？　俺も毎日してたからさぁ、簡易タイプでもいいから歯ブラシとかないかなって訊きにきたんだけど。ある？」

蛇口をひねればちゃんと水道から透明な水が出て、それで口をゆすいでから金剛は頷いた。

「そういやお前さんも、脚以外は生身なんだっけな。ちょっと待ってろ。マキナに持ってきてもらう」

左腕のバングル型デバイスを簡単に操作した後、キャロットがピンと両耳を立ててまた駆け出す。

「マキナー。おっはよー」

「あら、おはようございます。こちら、セレンさんに」

「おけー」

マキナの色白の小さな手から袋を咥え、戻ってきたキャロットはセレンに向けてそれを投げる。いいところでキャッチしたのを見届けた後、キャロットはまたマキナの元に駆け寄り、二人で戻って行った。

「あらまぁ、えらく仲良くなったもんだねぇ」

「何だあいつ？　昨日の夜にでも、何かあったのか？」

「おいおい、そういう平和的じゃない言い方をするんじゃない。ロボットは眠らないから、お互いに一晩中話のできる相手に出会って、仲良くなったんだろうよ」

「そっか。ふーん、まぁ俺が起きてられるのもせいぜい三日が限度だしなぁ」

「おや、嫉妬かねぇ？　大好きなチビちゃんが、一晩で他人の嫁に盗られたって？」

「そんなんじゃねぇよ。あいつが楽しいなら、別に俺は何も制限しない」

袋を開けて新品の歯ブラシを取り出し、金剛から渡された歯磨き粉をちょんと乗せて歯磨きをする。タオルで口元を拭きながら、金剛は鏡の前の場所を譲った。セレンはしみじみと言う。

「生身の人間で一番大事なのって、やっぱり歯磨きだよなぁ」

「ほー、何か痛い目にでも遭ったか？」

「施設にいた頃にね。ちゃんと歯磨きはしてたのに、まぁ子供だから磨き残しだらけだったんだろうね。痛くてしみるようになったから、施設内の歯科で治療してもらったけど、あれ音が超痛さを増そうとしてない？　もう絶対ヤだね」

「ははは、ガキっぽくていい思い出じゃないか」

念入りに歯を磨いて泡を吐き出し、もう一度歯ブラシを洗って今度は歯磨き粉を付けずにブラッシングをするセレンに、金剛は一方的に話をした。

「大昔はすべての病は歯から来ると言われていて、歯科医はそりゃあもてはやされた時代があったらしいぞ。金にも結婚相手にも苦労しなかったとか。民家の隣に歯科医院、その隣に民家があって、また歯科医院、なんて言われてた。まさか本当にそこまで歯科医院だらけだったわけでもないんだろうが、それらしい伝説に残る程度には歯科医が儲かって繁栄した時代は実際にあったってことだろう」

「ほーん。歯科医無敵時代だな」

金剛から新しいタオルを受け取って首から掛け、セレンは顔を洗う。

「しかしいつの間にやらどんな難病も治せるほどに医療が進化して、病気をなかったことにするような万能細胞が作られた。さらには、病気にさえならない機械の身体まで手に入れられるようにもなった。歯科医どころか、決まった分野以外の医者は困ってるだろうな。昔は医者と名前が付けば金持ちの象徴みたいな職業だったらしいが、今じゃ見る影もない。まぁ、実は闇に行けばたくさんいるんだがな。俺みたいなのがさ。機械化に抵抗のある人間はまだまだいる。正義感のあるちゃんとした本物の医者なら、無償で治療するさ」

長い前髪や横の髪ごと濡れて、広範囲をタオルで拭いているセレンは、少し自慢気な表情になって言った。

「あ、その話は俺も知ってるよ。大昔の定義じゃ、歯科治療で義歯にしたり、外科治療で体内にボルトを埋め込んだだけでも、サイボーグとかいう、いわゆる改造人間みたいに言われてたんだろ？　じゃあ俺も一緒だな」

「ははぁ、アーカイブでも読んだか？　今じゃあまったく逆だよなぁ。多少であっても人体構成物質が残ってさえいれば人間、完全に人工物でできていればロボットだ。たとえ脳内のシナプスまで人工物で代用したって、うまく脳が機能して他に影響がなく、一部でも人工的でない部分があれば人間って呼んでもらえるからな。世の中変わるもんさ。極端なほどにあっさりと、価値観は覆される」

「文明ってそうやって進化してきたのかな。進んでるのかどうだかはビミョーだけどさ」

丁寧にタオルを畳んでから、「さんきゅ」と金剛に差し出した。受け取った金剛は自分が使っていたタオルの上に乗せ、朝食の匂いに誘われるようにリビングを目指す。

「金剛って、昔の話に詳しいよな」

セレンがふと、昨日から感じていた疑問を口に出す。金剛は振り向きもせずに歩みを進めながら、「そうだなぁ」と間延びした声で言った。

「単純に古いものが好きなだけだよ。こんな時代じゃなかったら、俺は考古学者になりたかったね。今じゃ誰も、過去を振り返ることはしない。せいぜい三世紀前のあの頃までだろう。前を向くのは素晴らしいことだとは思うが、過去が積み重なって現在があるってことを忘れちゃいけない。成功も、失敗もな。そして、未来は永遠に来ないということも」

「え？　未来って来ないの？」

床を踏み抜きそうな勢いで驚いて、セレンはさっと足早に進んで金剛に並ぶ。

「今俺たちが未来と呼んでいるものは、来た時にはそれはもう〈現在《いま》〉って名前に変わってるからさ。たとえタイムマシンが作られて、本当に未来に行くことができたとしたって、そこに着いた途端にもう、それはその人物にとっては〈今〉なんだ。時間は一定の長さで流れるものだろう？　戻ることも、止めることもできない。そして誰にでも平等に、同じ速さで同じだけ過ぎていくもんだ」

「なるほどね。だから未来は来ないのか。頭の中にしかないわけだ」

「そういうこと」

「だから夢とか希望とかと同列に並べられるのかなぁ。手が届かないものだから」

セレンがため息混じりに言うので、金剛はふと隣を見た。目は合わない。

「夢や希望は、内容と努力次第で何とかなる場合もあるだろう？」

「でも、死んだヒトは生き返らないし、失ったモノは二度と同じものを手に入れられないじゃん」

「確かにそういう意味では、手の届かないものの方が多いんだろうがな。多分、夢や希望だって、手に入れた瞬間にはもう、それは〈当たり前〉とか〈日常〉って呼ばれるんだろうし」

「古いものは変わらないから好きなんだ？」

「変わらないとも限らないんだけどな。科学力や文明が高度になるほど、かつて当然のようにまかり通っていた常識や定説がひっくり返されることもある。今じゃ、昔の地層を発見して『これは三億年前のもので～』なんて言っても誰も見向きもしないし、実はそれがたとえ三十億年前のものだったと後でわかっても関係ないだろう？　そりゃあ普通に考えれば、地球が生まれた時から地層は重なったり岩が風化したりプレートがズレたり海面温度が変わったりしてることなんて、誰でも知ってるし、古いものを見つけて何だかんだ言ったところで興味もないだろうさ。過去がどうあれ、今はもう二十七世紀で、それでも地球誕生から考えれば別に何のこともないわずかな歩みだ。過去の遺物なんか現代ではあらゆる分野で遥かに超えているし、もう過去から学ぶものなんてないと思われているんだろう。前向きなのはいいことだが、不都合な現実を直視しないのは人間の得意技だからな。結局嫌なものからは目を逸らし続けていくことに変わりはない。俺はそれを前向きだとは、到底思えないけどな」

金剛が目の前のドアを開ける時、セレンはボソリと呟いた。

「ある、と思うけどなぁ。興味」

「おや、お前さんも懐古趣味か？　若いのに」

金剛は冗談っぽく含み笑いをする。しかしセレンは真剣だ。

「いや、だってさ。大昔の生き物の骨って言われるものが見つかったら普通にワクワクするし、それを復元したらどうなるのかって想像すると楽しいじゃん？　そんなんじゃなくても、以前は大きな湖だったところを埋め立ててるところに建ってる家には安全面から考えると住みたくないなって思うし、たとえもう雨が降らなくても低い土地に住むのはリスクあるなって考えない？　それに、俺は実際には会ったことはないから全部アーカイブの電子データを読んだ情報でしか知らないけど、昔のヒトの話の中にも、今でも面白いことや役立つことっていっぱいあんじゃん。多分ずっと昔の人類は、今みたいにキリキリしてなくて、穏やかに、和やかに、平和に、のんびり自由に暮らしてたような気がする。そうだったらいいなって、俺は思ってる」

大きなゴツい手で、セレンのハネた髪ごとポンポンと優しく叩きながら、金剛は頷いた。

「そうだな。そんないい人間たちが築いてきた文明が受け継がれてきたはずなのに、人間である以上どこかで思い上がる時が来る。それでえらい目を見せられたのが、多分三世紀前のアレだったんだろう。宇宙に出て他の生命体に遭遇するかも知れないとかいう想定はなかったわけじゃないだろうが、まさか向こうさんが自分たちより遥かに高度な文明や知恵や技術を持っているなんて、誰も考えもしなかった。長い間、宇宙に向けて送り続けてきたいろいろな言語でのメッセージや、光による信号なんかに反応がないのも、相手が理解できないからだとタカを括《くく》っていた。まさかバカバカしいほどにレベルの低い生命体を無視していただけだなんて、想像もしなかったんだな。人類の思い上がりによる、完全な敗北だろうよ」

「それでもまだ、ロボットなら勝てるかも知れないって考えてるんなら、まだまださらに人間ってバカだよね」

「はは、辛口だなぁ」

「だってそうじゃん。ロボットに何でもさせてさ、でも人類を支配することは許さないなんてプログラムに組み込むのを義務とかにしてさ、それほど自分たちの作った高度な文明の結晶に怯えて手を焼くなんて、愚かとしか言いようがない。想像力なさ過ぎだよ。学者じゃない俺がそう思うのに、何で偉いヒトはそこに思い至らないワケ？」

「思い至るような人間は、偉い立場に立てない仕組みなんだよ、世の中はいつでも」

「えー、変なの」

音もなく開いたドアから、ふわぁ、と焼きたてのパンのような匂いが漂ってくる。カスカスに乾いた固いものならともかく、こんなにいい匂いのする柔らかそうなパンは、多分生まれてから一度も食べたことはないと思った。セレンは昨日と同じテーブルに駆け寄り、マキナが「熱いですよ」と言った湯気の立つパンの匂いを、肺いっぱいに吸い込んだ。

「これは美味しい匂いだっ」

「いーなー。オレも食ってみてー」

「へっへー、消化器官作んの面倒だけど、味覚だけなら作ってやろうか？」

「マジでか⁉　うおー、言ってみるもんだよなー。作れ作れ、これ食う前に作れ」

「無理。食べないと頭回んないし、作業できなーい」

「うわ、テメェぜってーわざとだろ？　七キロアタック食らわせんぞ」

「お？　じゃあ俺の回し蹴り食らうか？」

愛らしい声の白いペットと、華奢で女装さえできそうな少年が、何やら物騒なことを言い合っている。しかしマキナは微笑んでその仲の良さを見守り、金剛も「メシだぞー」と言って席に着いた。キャロットが「クー！」と悔しそうに唸りながら垂れた耳で飼い主の機械の脚をパチンと叩いて椅子に飛び乗った。精一杯の抵抗だ。

「つーかお前さん、味覚にしろ消化器にしろ、そう簡単に安請け合いできるもんか？」

「え？　安い？」

「いや、そんな簡単に作れるものじゃないだろうって話だ。設計図——は描かないにしても、まずはシステムを考えて構想を練ったりする時間が必要じゃないか？」

「えー、取り敢えずやってみりゃいいじゃん。だって取説なんかなくたって、おもちゃの遊び方はわかるだろ？　だったら設計図とか構想とかなくたって、ロボット作ったり部屋にトラップ仕掛けるくらいできても、全然おかしくないと思うんだけど」

純粋無垢な瞳で怪訝そうにセレンは言う。それが彼の中の常識らしい。

ブロックを積み上げるだけの玩具ならば、もちろん説明されなくても自由に遊べるだろう。子供であればそこに自ら何かを発見し、生み出す能力を得たり、驚くべき発想力を見せることもある。が、モノ作り――殊に高性能なロボットを作り出すことは、積み木遊びとは次元が違う。しかも特別な素材や必要な道具、大規模な研究施設もなく、そこらに捨てられたものや爆破で残った破片という、いわば拾い集めたガラクタをくっつけた塊に、太陽光のみで稼働する自給自足型の動力を持たせ、意志や性格を宿し、学習能力を埋め込むのは、ロボット工学志望者でさえ初めは設計図を作る段階で過半数が躓いてしまうというのに。

正式に認可されているロボット工学者であっても、頭の中で組み立てた理論や構想がそのまま具現化できるわけではない。それこそ必要な機材やパーツの元を揃え、助手も付ける。魔法使いや錬金術師ではないのだから、ごく普通に時間を掛け、手順を踏むしかないのだ。最低限以上のショートカットは存在しない。

さらには、理論上の計算ではうまくいくことであっても、実際に稼働させてみるとうまくいかない場合も多々ある。その都度トライ・アンド・エラーで地道に進めていくしかないのだ。

それをこの少年は、さらにあどけなかった十二歳の頃——十三歳になる前夜に、ちょっとした記念碑を作るような軽い気持ちで、できない可能性など考えもせずに、実際に本当に一体の小さなペットロボットを作り上げたのだ。

成長型AIを搭載できたのはパーツができあがるのに時間を要したせいで、後に手を入れた時だとは言っていたが、それでも自らの意志で動き話すロボットを、最低限の教育しか与えられていない段階で、無料で読めるアーカイブの電子の海を漁って知識を拾い上げて作ったことは事実だ。

きっとそんな話は誰も信じないだろう。そんなことができるはずがないと、一笑に付されてしまうような所業なのだ。それこそ、無から有を生じさせるような。

「金剛だって、そこらへんの機械が急に壊れたって、ちょいっと解体《バラ》してすぐ修理できるんじゃないの？」

「俺はまぁ、確かにできるけどな。天才だから。ただ普通は自分で作ったものでなければ解体しようとは思わないし、開けたところで不調の原因を突き止められるとも限らない。運良くそこまでわかっても、同じパーツに交換できるとも限らないしな」

できたてのパンをマキナが切り分け、ようやくセレンの前に皿が置かれる。目を輝かせて勢い良く食らいつき、「あっち」と言いながら水を飲んで、ちらりと金剛を見た。

「そんなの、代替品なんかそこら辺を漁ればいっぱいあんじゃん。似たようなものを組み合わせたらそれっぽくなんじゃん。ガラクタ置き場なんか、俺にとっては宝の山だよ？　純正パーツにこだわるなんて、いつでも新品に囲まれて暮らしたいような病的に潔癖症な奴と同じだよ。修理できて、前と同じかそれ以上に良くなればそれでいいのにさぁ」

何とか一口目を味わえたセレンは、ふにゃりと表情をとろけさせる。よほどの美味らしい。

その無邪気な言葉には何の嫌味も見栄もなく、裏表なく真実を口に出しているだけのようだった。それこそ不思議でならない、という顔でセレンが首を傾げる。

「金剛も純正好きなワケ？」

「いや、俺はそこまでの病的なこだわりはないさ。あれば手間が省けて助かるってくらいだが」

「でしょ？　純正じゃなくても交換可能なわけじゃん？　それって、取説なくても遊べるおもちゃとか、設計図なしで作れるロボットとおんなじくない？」

語尾がもふもふとパンに齧りつくのとかぶったが、それでも金剛は内心「同じなわけがあるか」と言いたかった。ただ、それは彼の常識であり、天才とは言え一般的以上の高度な学習をして、ある意味植え付けられた常識の上で成り立つ理論である。

最低限の読み書きの知識しか与えられず、そのまま程度の低い国立の学苑で低レベルの学びに甘んじている少年が取る行動ではない。セレンは明らかに常軌を逸したところで物事を考えていて、解釈の仕方も一般論では論破できそうになかった。

「お前さんにとっちゃ、それが同じレベルなのか。すごいもんだよ。俺はお前さんを解剖して脳みそン中を覗いてみたいね。これでも闇医者をやってるからな。医師免許もちゃんとあるぞ？」

「うえー、美味しく食べてる時に人体解剖の話する？　俺は脚以外は生身だからね。切ったら血も出るし、痛い」

「はっは、ならパーソナルタグを外した時は、いい位置にあって助かったな。左の肩に近い二の腕の表面を漂ってた。あれが眼球の裏なんかだったらえらいことだ」

「ぎゃー！　だから食べてる時にそういうのやめてって！　デリカシーないっ」

ふんっ、と鼻息を荒くして、セレンはマキナが新しく皿に乗せてくれたパンを食べる。スクランブルエッグにソーセージ、グリーンリーフのサラダ、黄色い冷製スープはパンプキンだろうか？　絵に描いたような理想の朝食に、セレンは夢中になった。やはり一点集中型らしく、その後は金剛やキャロットが何を言っても聞こえないようだ。

「なぁ、コンゴー」

「うん？」

愛らしい声が、スープのカップを戻した金剛を呼ぶ。

「昨日借りた、疑似太陽光を浴びれる部屋だけどさぁ」

「ああ、マキナと行ったんだったな」

ロボットは飲食不要な省エネ仕様だが、唯一必要なのが太陽光だった。室内灯のような人工的な光源でもある程度は稼働するが、基本的なエネルギーは地球が太陽に引かれていることから逃れられないのを利用して、太陽光を効率的に変換して処理する仕組みになっている。もう地上に雨が降ることはないし、雲さえ世界を覆わないのだから。

「あれ、『疑似』じゃなくて、本物の太陽光だろ？　どっかの天井に開けた穴から屈折拡張させて引いてんじゃね？」

「おやおや、飼い主に似てチビちゃんもわりと聡明なんだな。確かにそうだが、それがどうしたんだ？」

「いや、穴があるってことは、そっからここに繋がってるってことじゃん？　なら、危なくねーの？」

金剛が何やらいわくつきでパーソナルタグを外した人間だとは知っていたから、彼も隠密に生きる必要とそうする事情があるのだろう。他人になりすますデバイスまで用意しているのだから、外出もする。セレンたちとも現に外界で出会ったのだから、生涯本物の太陽を二度と浴びることなく朽ちていくというわけでもないはずだ。

それなら、何故そんな基本的なセキュリティ部分だけが甘いのか、キャロットの危機管理シミュレーション能力が違和感を覚えた。昨夜マキナに問うと、「明日の朝に訊いてみられては？」としか言ってくれなかったので、うっかりしていたわけでもないらしいことだけはわかった。

「ははぁ、チビちゃんは俺を心配してくれてるのかな？　それとも飼い主のか。確かに仕組みはそうだが、開いている穴なんて針穴ほどだよ。普通は目に見えて違和感があるような大きさでも場所でもない。途中で何度も屈折させて、光量を増やしているだけだ。俺がそんな素人みたいなものを作ると思ったか？」

「いや、コンゴーが天才なのはわかってたっけどさぁ……」

きゅるきゅると垂れ耳を揺らしながら、キャロットはセレンを見る。パンを右手に、左手にはフォークを持って野菜を突付いて幸せそうだ。キャロットにはただの緑の葉っぱにしか見えないが、何やらドレッシングが美味らしい。

「俺たちはもう長いことここに住んでるけどな、危険な目に遭ったことはないし、遭いかけたことさえない。出入り口も不定期に変えているし、俺にしか出入りできない仕組みも含まれている。万一侵入者を発見しても、いくつもフェイクがあるし、時間もできるから捕まることはない。だいたい、俺が用心し過ぎてこんな地下深くにこんな設備を作っただけで、別に何も悪いことをして捕まるわけじゃなし、追われる身でもないんだぞ？」

「そうなのか？　コンゴーも追われてたんじゃねーのか」

「違うな。俺が好きで隠居生活してるだけさ。まぁ、随分前にロストした天才工学者だから、一応バレたくない程度には有名人なんで、外に出る時は他人になりすましてるだけだ。チビちゃんと同じ理由でマキナを外に出すわけにはいかないから、外の用事は俺がする」

「じゃあ、ここは安全だって思ってい一んだな？」

珍しく、キャロットの呂色の目が真剣味を帯びた。主人を危険に晒すまいと思っているのだろうか。十ヶ条が埋め込まれてもいないのに。

「ああ、大丈夫だ。俺が保証する。あいつだって、一応追われる身だったみたいだけど、タグを焼いたらもう死人だ。まさか死体を探して回収しなきゃいけないような悪事を働いたわけでもないだろう？」

「多分なー。オレを無断で作ったのがバレただけだと思うんだけど、他にもアイツ、部屋の改造とかいろいろやってっから、わかんねー」

「やんちゃなんだな。まぁ、それくらいのことで追われる人間なんかいないだろう。そもそも犯罪はほぼない世の中だ。たまたまルール違反に引っ掛かって、パトロール隊の自動出動命令になったくらいじゃないか？　あいつらは簡易ロボット寄りだから、死体を回収するまで戻らないどころか、タグの生命信号が消えた途端に何事もなかったように役所に帰るだろう」

「そっかー。ならいいや。良かったー」

キャロットは大きく息を吐いて安堵する様子を見せる。

本来呼吸の必要もないロボットなのに、キャロットは感情表現としてため息をついたり呆れた鼻息を漏らしたりする。無駄な仕様と言われればそうだが、それはセレンがいかに人間に近い相棒を求めていたのかを示していることになり、金剛はやや胸が痛んだ。

「ごっちーそうさまーぁ」

朝食とは思えない量のパンを食べて、セレンは満足そうにこちら側に戻ってきた。憑かれたように食べている間はまったく無反応なので、そのまま遠くに行ってしまわないか不安になるほどだ。

　セレンの腹の満たされ具合を読み、マキナは新しく切ったパンを皿に乗せたり、玉子を何度も焼いて持ってきたり、野菜やスープを足したりしていた。まるで良くできたメイドだが、金剛は普段からそんな扱いなど受けたことがないので、マキナの母親のような好意的な態度に思い出を重ねた。

「おー、戻ってきたな。今までお前さん、ろくなもん食ってなかったんだろう？　まぁ俺の嫁の料理は天下一だが、それにしても潔い食いっぷりだなぁ。遠慮がないというか疑いがないというか」

「いやもう、こんだけ美味かったら全部に致死量の毒が入っててても悔いはないよ」

「そりゃありがたいお言葉だね。死ぬ時は空腹で衰弱してより、腹一杯美味いもん食ってからの方がいいからな」

「だろ？」

　冗談ともつかない答えをして、二人は笑い合った。キャロットがセレンの足元に転がり、「味覚ー！　オレもー！」とジタバタしていた。

成り行きのような形で何となく無言の合意の元、一緒に暮らすようになったセレンたちと金剛たちだが、なりすまし用の別人デバイスのある金剛と違って、タグを外した生者であるセレンは外に出ることはできない。

本来なら毎日違う場所でガラクタ漁りをして使えそうなパーツを拾い、廊下や部屋に仕掛ける新しいトラップの面白い案をキャロットと話し合ったりしていたが、さすがに世話になっている他人の家を勝手に改造もできない。

キャロットから聞けば、セキュリティはたいそうしっかりしているらしいので、下手に手を出すと危険な仕掛けがないとも言えない。自分がかつてそういうものを作る趣味を持っていただけに、具体的な仮想敵はいなくても作りたくなる気持ちはわかった。

壁に手を付くとナイフが飛び出すとか、今考えれば何を想定して作ったのか自分でもよくわからないのだが、アーカイブで見た忍者屋敷に憧れたのが最初のきっかけだったように思う。回転して別の部屋に入る見えない扉。センサが感知すると上から降ってきてがんじがらめになり〈大漁〉の旗が上がる網。階段を下りているつもりが気が付くと外に出ている謎迷路。

全部古い無料のアーカイブで見た写真や絵画から着想を得た。本来の意味など知らないが、面白ければ何でもいい。金剛の言う通り、今の人間は過去など見ないから、原始的なトラップにも面白いほど引っかかりそうだ。もちろん、バレないように仕掛けた〈趣味〉なので、今のところ被害者はいないはずだ。最後に部屋に訪れたパトロール隊が、まだ廊下で無限ループしていなければ。

「なぁなぁ金剛」

「何だ？」

　ここ数日、特にすることもなく、いつもまとわりついていたキャロットはすっかりマキナを気に入ってずっとあちらにくっついているしで、暇を持て余していたセレンは、最初に入ってきた研究室のような造りの部屋の片隅に、何故か専用のトレーニング器具を積んだ場所があり、そこで地味に汗を流す金剛を椅子に腰掛けて眺めながら呟いた。

「何でそんな鍛えてんの？」

「何事も備えが大事って言うだろう？　俺はあまり身体に機械を仕込みたくないから、万一大事《おおごと》に巻き込まれた時に戦えるように、地味に身体を作ってるんだよ」

「どんだけ鍛えたって、銃弾一つ急所に命中したら終わりじゃない？」

「おいおい、リアルな考えだなぁ。もう少しは夢を持とうぜ少年」

　太い上腕二頭筋に力を入れ、見るからに重そうな金属の付いた棒を仰向けのまま持ち上げる。やや肘を曲げた微妙な角度で負荷を掛け、さらにそのままゆっくりと上下させる。厚い胸板も呼吸とともに膨らんだり縮んだりして、セレンはぼんやりと「人間だなぁ」と思っていた。

　十二歳までは周囲は子供以外すべてがロボットだったたし、施設を出てから以呂波の育成学習苑に通うようになっても、クラスメイトや教師たちも、ほとんど身体のどこかを機械化している。

それも、セレンのように仕方なくそうなったわけではなく、好んでパーツを換えていた。せっかくの健康で美しい人間の肉体を、無味無臭で柔らかさのない、痛みも温かみもないものに、わざわざ有償で取り替えてしまう輩の気が知れない。

「だって金剛のゴツい胸も生身だろ？　当然心臓も人間のだろ？　金剛の身体すげぇって初めて会った時から思ってたけど、それでも一発の銃弾で死亡じゃないの？　リアルな現実として見るとさ」

「ま、な。確かに命懸けの戦いなんかに巻き込まれたら、あっという間だろうよ。生身の肉体が機械の身体に勝てる要素なんか、微塵もないからな。それでも俺は、機械に屈したくないだけだ」

「何かあったの？　そう言えば金剛の家族はみんな死んじゃったって言ってたけど、その辺に関係あったり？　……ああごめん、別に詮索する気じゃないんだ。暇だからダべってるだけだし、嫌なら答えなくていいよ」

実際、セレンは本気でそこまで興味があるわけではなかった。金剛の家族の死というものに対しては、だ。ただ、こんな時代にわざわざ肉体を鍛えて強くする意味がわからなくて、しかし無意味にそんなトレーニングを続けられるとは思えないようなハードなメニューだし、暇潰しにしては本気過ぎると思った。気になったのは、そこだ。

「遠慮すんなよ、今さら。このタダ飯食らいがよ」

金属の棒を置いて、金剛は冗談っぽく言ったが、セレンは実際にそこに引け目を感じていたせいか、首をすくめた。

「ははは、冗談だ。マキナが喜んでるよ。俺もいい加減よく食う方だが、やっぱり作り手からすれば、お前さんみたいに毎回初めて食べるみたいに感動してくれると、作り甲斐があるんだとさ。俺も毎回褒めてるんだが、お前さんは本当に素直に顔に出るもんだから、俺はちょっと妬けるなぁ」

かっか、と快活に笑う金剛は、額の汗を手元のタオルで拭き、横になっていた台に普通に腰掛ける姿勢になった。セレンと向き合う形になる。

「別に気にする必要はない。メシの種の確保はできてるし、お前さんがまだ知らない設備で野菜や果物も育ててるよ。俺は人工物が嫌いなんでな。自分でプラントを作ったんだ。世話は知り合いに頼んでるし、ここらじゃ俺は『闇医者のゴウさん』って呼ばれてる。さすがにこの地下施設のことは誰にも秘密だが、地上では医者の肩書きで生きてるわけだ」

「……へぇ……」

少し驚いた。一応、他の人間とも関わって生きているのかと。他人名義の仮面の顔でとは言え、医者として生身の貧しい人間を無償で診る代わりに、プラントの育成などを任せているらしい。デジタルマネーのやりとりなどナンセンスだし、デバイスは国の支給品だから、なるべく不明な入出金の記録も作りたくないという意志は、金剛もその周囲のいわくつきな人間も共通しているようだった。

「まぁメシの件はいいさ。冗談だから気にすんなよ。俺の両親は、医学系の仕事をやっててな。俺はどこで道を間違えたか、変な男とつるんでロボット工学の道に進んだが、人体を把握していないとヒト型のロボットは作れないし、その点では幼少期からの医学の勉強というか、慣れ親しんだ自分の家の診療所があって助かった。姉は医療系に進んだが、幼い頃に事故で両目を失って義眼になっていたせいで、多少はロボット工学の知識も持っていたハイブリッドだ」

「え、じゃあ金剛は医者の息子じゃん」

「そうだが？」

「うっわー、残念だね。大昔だったら、すっごいもてはやされただろうにさ」

「……今の俺が誰にも相手にされてないと思ってるだろう？」

座っていても視線が高い金剛に見下されて、さすがにセレンは失礼だったと反省した。

「いや、はは、そういうわけでは……」

もごもごと言い訳にならない呟きをするセレンに、冗談だとばかりに明るい声で金剛は続ける。

「ま、未成年の童貞少年にはやや刺激の強い話かも知れないが、簡単に言えば俺は生殖機能が麻痺してるんだ。後天性のものだから、医療でどうとでもできたんだが、別に俺は自分の子孫を残す気なんてさらさらないし、不便もないからそのまんまさ。機能の欠如のおかげか、性欲も湧かないのは助かるくらいだよ」

チャーミングに慣れないウインクで冗談にする金剛を、セレンはきょとんと見つめた。

以呂波の施設には十二歳までしかいなかったせいか、教育的に性に関する知識はほとんど与えられていない。育成学習苑では一応形式的な授業は二時間程度あったが、セレン以外のクラスメイトは既に他から仕入れたもっと刺激的な知識や実体験を持っていた。それをセレンは不思議な思いでよく眺めていたものだ。

「へぇ、じゃあもしかすると俺もそうなのかな？　男女問わずだけど、性欲とか湧いたことないし」

素直に口にすると、今度は金剛が驚いた顔になって目を見開く。

「おいおい、お前さんは健全で健康な十代の若い男だろう？　そんなことでいいのか」

「いいも悪いも、だって俺わかんねぇもん。別に女の裸とかに興味も湧かないし、それでも別に不便はないしさ。別に気にしてないよ？　あ、そっか。生まれつき両脚が不自由だったから、もしかしたら脚は見た目でわかったから機械化できたけど、実は下半身丸ごと機能不全だったのかなぁ？」

「本当か？　おい、でもお前さん便所は行くだろう？」

最初の夜、寝る前にトイレの場所を訊いた。人間は金剛しかいないせいか、毎日手入れしているかのようにキレイだったので、久々の豪華な食事で大きい方をもよおしていたセレンは、さすがに気が引けたのを思い出す。

「そりゃ行くよ。食ったら出すのが人間だし」

「じゃあ、下半身丸ごとってわけでもなさそうだな。性欲がないってのは、いつから気付いてた？」

「気付かなかった。育成学習苑でクラスメイトがやたらエロい話で盛り上がったり、女子の服が興奮するとか言ってて、俺はどこが何なんだろうなー、なんて思ってたけど、もともと変人のレッテル貼られてるもんだから、誰にも言ったことないし」

ふぅむ、と金剛は顎に手をやって案外真剣に考えている。

「やっぱり問題？」

心配になったセレンは、恐る恐る金剛に問う。しかし金剛は首を横に振った。

「俺はまだ性欲を感じた経験もあるからわかるが、最初から何も感じないと言われると想像がつかない。ただ、別にそれは問題と言うほど大きなことじゃないし、お前さんが気にしてるなら俺が医者として診てやることもできるが、不便がないなら構わないとは思う。国の意向には反することになるんだろうがな」

人間の人口を少しでも増やしたい国家だ。両親がいなくても養って育ててやるから、産めよ増やせよというのは声高に叫ばれている。本当にセレンに生殖機能がないとすれば、十二歳まで養い育てた以呂波の養成学苑施設は無駄な子育てになるし、先日まで国の援助を受けて一人で暮らし、無償で育成学習苑で学んでいたのも国からすれば無駄遣いだろう。

「まぁ、ずっとロボットに育てられてきたんだし、そういう部分での目覚めが遅いことも十分考えられる。気になるなら調べてやるから、その時は言ってこい」

「さんきゅ。俺は大丈夫だよ」

ニッコリと純粋に微笑むセレンの表情には嘘はなさそうだった。金剛は胸の内でどこかホッとした。

「医者の家に生まれたのに、何で金剛だけロボット工学行ったわけ？　せっかく医学の知識もあったのにさ」

「そうだな、もともと興味があったと言えばあったんだ。ただ、俺はやっぱり生身の人間の方が好きだし、医者になる気持ちもあった。その頃にな、御跡切四葉と出会っちまった。最悪なタイミングだったな。それで俺は姉が医者になるという意志を聞いて安心したせいか、興味もあって案外面白さも感じたロボット工学を学んでみた。医学の知識があったおかげか、他の奴らより理解も早くて応用もできたから、天才ってもてはやされていい気になってたのかも知れないな。本物の天才家系である、御跡切四葉とも親しかったから、〈ロボット工学に名を残す大物天才コンビ〉なんて言われてたよ」

「オトギリさんと並ぶくらいの天才だったんだ？　すごいね金剛」

「そうでもないさ。俺はただの引き立て役だよ。四葉は結局最後まで俺を友人とは見てくれていなかったし……大切なものまで奪われた。それで、最終的に前に言ったいろんな意見の食い違いが積もって、別の道を歩むに至ったわけだ」

「ふぅん……大変だったんだね。俺、まだ友だちとかできたことないから、よくわかんないけどさ。金剛はヨツバさんのことは友だちだと思ってたんだろ？　けど、向こうはそうじゃなかったんだ？　それってちょっと、哀しいね」

「ああ、哀しかったよ。それまでの年月をすべて否定された気分だった。俺ももともと友人の多いタイプじゃないが、広く浅くの人間関係の中で、初めて深く付き合った相手だったからな」

「そっかぁ……」

　そこまで思う仲の相手になどまだ出会ったことのないセレンは、薄ぼんやりとした想像で考えてみる。きっと、もともと友人がいないより、いたはずの友人を失う方が哀しくて、とても淋しいだろうと思った。

「お前さんを今度、四葉に会わせたいと思ってるよ。まぁ、無理強いはしないが」

「え？　何で俺？」

「ま、それは俺個人の恨みを晴らすため、だな。多分お前さんにとっては何一ついいことはないかも知れないし、下手をするとあいつは欲しいものは何でも奪う男だから、目を付けられたら危険でもある」

「うっわぁ、最悪。けど、せっかく金剛の知り合いなら会ってはみたいかも。だって現代のロボット工学の礎を築いたオトギリさん家《ち》の子孫でしょ？　イトスギさんの脳の話、気になってたんだよね」

「覚えてたのか。俺もそれは今度こそちゃんと訊こうと思っているが、お前さんにとっちゃあ見知らぬ他人だぞ？　人見知りはしないタイプか？　まぁ、俺にいきなり込み入った頼み事をしてきたくらいだからなぁ」

　思い出したように苦笑する金剛だったが、セレンは「あれは違うっ」と反論した。

「俺、わりと危機意識高いんだよ？　キャロットもそうだけど、俺とキャロットの意見が一致して危険だと思えば回避するし、大丈夫だと思えば行くの。金剛は、何か大丈夫そうだったから」

「そうかそうか。俺を危険人物とは見做《みな》さなかったわけだ。それは見た目か？　何か基準でもあるのか？」

　セレンは首を横に振る。そして不思議そうに傾げた。

「ないよ？　だって、殺意までは感じたことないからわかんないけどさ、自分に対して友好的かどうかとかって、空気でわかったりしない？　あー、あとは、悪い人間が身体を機械化しないなんて、絶対ないって思ったから、かな」

「はっはぁ、確かに生身の人間は貧乏人か機械化に抵抗のある善人が多いかも知れないな」

「んー、善人かどうかまではわかんないけど、やっぱり雰囲気かな。性格は見た目に出るって言うじゃん？　金剛は一方的にぶつかってきた俺に怒るでもなく、むしろ困ってそうだから手を貸そうかなんて言ってくれたもん。俺に恩を売って美味しい見返りがあるようには見えないだろうし、それならきっと本当にいい人なんだって思った。実際、当たってたしね」

「わからんぞ？　ちょうどうまく懐いた頃に、取って食っちまうかも知れん」

冗談ともつかない声音で金剛は言ったが、セレンもまっすぐに返した。

「それならそれでいいよ。俺、別に金剛に騙されてここにいるわけじゃないし、むしろ俺の方が金剛の弱み握ってるっぽくない？　いろいろ外じゃ言えないことも教えてくれてさ。俺がある日裏切って、どっかに金剛のことバラす危険性の方が高いし、仮にお互いが見つかったとしても、絶対金剛の方が価値高いだろうしさ」

真面目に答えると、金剛はフッと緩く笑った。

「価値の高さね。どうだろう。四葉はきっと、真実を知れば喉から手が出るほどお前さんを欲しがるか、抹殺したがるかの両極端になりそうだが」

「え、何それ。欲しがられる意味がわかんないけど、抹殺されるのはもっとわかんない」

「あいつはナンバーワンでなければ気が済まない男だ。お前さんの異常に突出した才能を知れば、取り込もうとするか消そうとするか、どっちかってことだよ」

金剛の左手首のバングルが震えた。時刻表示を見ると、間もなく昼だ。マキナが昼食の準備を知らせてきたのだった。

「よっし、じゃあメシにするか」

金剛はタオルを首に巻いて立ち上がる。セレンは追い縋るように椅子を蹴る。

「え、ちょ、待って。俺、大丈夫なの？」

「何がだ？」

「ヨツバさんに会ったらヤバくない？」

「別に無理して会わなくても構わないぞ？」

「いや、俺は会ってみたいと思ってるから困ってんの！　けど、いくら金剛がそんなに鍛えてたって、やっぱり重火器向けられたら勝てないよね？」

「俺のことはどうにでもなるが、お前さんのことは最低限、命のある状態で返すつもりでいるさ。まぁ、お前さんが四葉を気に入ったなら話はまた変わってくるだろうが」

「やっぱりそれは実際に会ってみないとわかんない。ええ、でも誰か危険な目に遭ったりしないの？」

「それはお前さんの自慢の危機察知能力で回避すればいい」

行くぞ、と見えないドアを開け、向こうに消えそうな金剛を追う。しかしキッチンが近付くとセレンの意識はまた美味しそうな匂いに奪われ、「今日のお昼って何だろ？」と言い始めた。

この場所が安全だと思ってくれていることが、金剛には何より嬉しいことだった。


「来たぞー、コンゴー」

夜も更け、マキナとともに太陽光を浴びてきたキャロットが、事前に言われていた時間に訪れた。

「セレンに内緒っつーからよー、気付かれねーように気ィ付けたけど、アイツ妙に勘いいから

さー、なーんかなかなか寝付きやがらねぇんだよなー。まったく、今日に限って長話しやがって
よー」

ボヤきながらチョロチョロと歩み寄って来る仕草は、参考にしたというネコでもウサギでもない。きっとセレンは静止画でかつてのペットを集めたアーカイブを見たのだろう。動き方を知らなかったせいか、妙に人間の子供のように懐っこい動きをする。

「ご苦労さん。すまんな、大事な相棒に隠し事させちまって」

「いや、オレも知られたくねーし、アイツが知ったらぜってー止めるから別にいーよ。けど何で急に気が変わったんだ？　俺を解体させてくれなんてよー」

研究室のような部屋で、白衣を着込んだ金剛の前に辿り着いたキャロットは、ふとその雰囲気がいつもと違うことに気付く。瞬時に後ろに飛び退き、距離を取った。すると金剛は、手を叩いて元に戻る。

「いやはや、確かにお前さんの危機察知能力は素晴らしい。顔も見ないでよく違いに気付いたな」

見ると、金剛は手元にいくつかの機械の塊を持っている。キャロットにはそれが何なのかわからなかったが、禍々しい空気がそこから醸されていることはすぐに見抜いた。

「何持ってんだコンゴー。それ、何か危険そうだぞ」

「ああ、生身の俺が持てる最低限の武器だからな。一時的だが感情をコントロールさせられる〈自律機械《ドール》〉だ。ま、感情コントロールってくらいだから、人間にしか効かんがね」

「それには負の感情が入ってんのか？」

恐る恐る金剛に近付きながら、キャロットは確認する。

「ああ。憎しみ哀しみ痛み悔い呪い嫉妬絶望……短時間だか、負の感情で相手を飲み込む。人間はそうなると、正常な判断ができなくなるからな」

「それの実験のためにオレを呼んだのか？」

キャロットは立ち止まって、呂色の目に意識を集中させて金剛を見る。

悪意のない緩い雰囲気。人の好さそうなややタレ気味の涼やかな黒い目。大きな体躯は威圧感を感じさせないのに、人一倍タフなのだろう。そして心の強さも。

見る限り、キャロットに危害を加えようという気配は見受けられない。しかし相手は天才ロボット工学者の望月金剛だ。まだ油断はならない。こちらは相手の得意なロボットなのだから。

ここに身を寄せた頃、キャロットは事実確認のために集められるだけのデータ収集をした。人間のように左手首のデバイスはなかったが、製作者の趣味が高じたせいで、キャロットの体内には多くのコンピュータシステムを組み込まれている。人間が所有するポータブル機よりは遥かに上回る性能が詰め込まれているおかげで、時間や太陽光強度の表示は当然のこと、過去のデータベースアクセスやアーカイブの閲覧や分析、前後左右上下関係の計算処理など、今のところ不便を感じることのないほど多くのことができるのだ。

そこで得たのは、望月金剛なる天才ロボット工学者はかつて実在したこと、しかし十五年ほど前に突如ロストし、現実世界から姿を消したという。その後の足取りはまったく不明だったが、過去の功績は見ている途中で放棄したほど多くあった。

つまり、金剛は何一つ嘘をついていないということだ。

「違うよ。まぁそう警戒しないでくれ。すまんな。お前さんの能力を試すようなことをしちまった。ただ、どうしても確認が必要だったんだ。申し訳ない」

手にした機械の塊を置き、金剛は小さなキャロットに深々と頭を下げたので驚いた。

「え？　え？　いや、別にいーけど。てか、コンゴー、何してんだよ。頭上げろよ。オレに謝ることでもねーだろ」

思わず、それも相手の策略かも知れないなどという、普段なら当然考慮する可能性を無視してキャロットは駆け寄った。瞬時に迂闊だった自分に気付いたが、相手が本物の望月金剛だったおかげで危機は免れたと言えるだろう。もちろん、そうでなければキャロットもそんなヘマはしなかっただろうが。

「おやおや、そう容易く警戒心を解くもんじゃないぞ、チビちゃん。俺が本当に悪人だったらどうするんだ。お前さんの飼い主を守れないぞ」

「コンゴーだから大丈夫なんだよ！　バカ野郎、オレを試すようなことすんじゃねーよ。何かわかんねーけど、哀しい気持ちになんだろーが。心配だったら最初から言え！」

はっはっは、と相変わらず豪快に笑う金剛は、すっかりいつも通りだ。キャロットは安心して謎の機械の塊の乗った台の上に飛び乗る。思わず蹴散らしてやろうかと思ったが、衝撃を与えると何が起こるかわからないため、何とか自制した。

「にしても、コンゴーでもドール持ってるのか。セレンはぜってー作らねーんだよな。アイツ、バカみたいな平和主義者だからよー。争い事前提でものを考えねーから、自己防衛能力ねーに等しいし。ま、だからオレがいんだけどなー」

やや自慢気に聞こえるのは、多分どこかに自尊心を持っているからなのだろう。セレンを守れるのは自分だけだと。それほど信頼されているのだから、必ず応えて見せると。

「――って、そーゆーハナシだろ？」

「御名答。すごいな、そこらの製品版のオーダーロボットより、ずっと高性能な先読みだ」

「知んねーよ。オレにわかるってことは、アイツにもわかるってことだろ。だからオレだけを呼んだんじゃねーのかよ」

毎日マキナと話していても、まだまだ好奇心がなくならないらしい白いペットロボットは、十ヶ条が入力されていないにも関わらず、本当に主人に忠実だ。そこが妙に人間らしくなく、そして限りなく人間のような感情の揺れを窺わせる。

たった一人の主人だが親友でもあるような関係のセレンは、キャロット自身も何と表現すればいいのかわからない。ただいつも自分を可愛いと言って撫で回して、口汚く言い合いをしながらも絶対に傷付けないセレンを、嫌う理由もなければ傷付ける意味もない。ただ守りたいし哀しませたくない。

「そうだな。チビちゃんとセレンは繋がってるのかってくらい、気が合うしわかり合ってるからなぁ。双子みたいだ」

「フタゴって、生まれた時から一緒のやつか？」

「わかるか？」

「セレンが星のアーカイブを見てたことがあってよー。そん時に『フタゴ座って生まれる時も一緒だったのに、死んで星になってもずっと一緒なんだな』って驚いてたからよー。超ウゼーよなーって言ったけど」

「ははは、辛口だな」

「だってさー、さすがに生まれる時から一緒でよー、死んでもまだ離れないとか、呪いみてーなもんじゃねーかよ。身体の一部よりすげーじゃん」

「そうだなぁ。お互いがもう、身体の一部になっているんじゃないか？　双子の知り合いはいないが、データによれば、一方の痛みをもう一方も感じるとか、片方が死んだら残された方も死んでしまうとか、まことしやかに言われたりしてるけどな」

「そんなもんマジ呪いじゃん。勝手に死ぬなっつーんだよなー」

ぶー、と言わんばかりのキャロットは、「そんで？」と言いつつ台の上で寝転ぶ。

「何すんだ？　誰かと戦うのか？　セレンに危険が及ぶんなら、ぜってー守れるようにしてくれよな」

「戦いに赴くわけじゃないんだけどな。ただ、相手が相手なだけに、用心しておきたいんだ。チビちゃんを犠牲にするわけにはいかないし、それこそセレンにどれだけ恨まれるかわからんだろう？　ただ、お前さんにはある程度危険を知らせておきたくてな。まぁ、保険みたいなもんだ。杞憂に終わればそれでいい」

「キユーでも何でもいいけどさー、そうじゃなかったらアイツが危険になるんだろ？　それはぜってー許せねー。バッチシカッコ良く戦闘ロボットにしてくれよ」

息巻くキャロットに、金剛は苦笑いを返す。

「お前さんなぁ……まぁ、パワーアップは嬉しいのかも知れないが、武器になるかも知れないんだぞ？　それはお前さん自身が」

「あーもう、うっせーうっせー」

諭すように言う金剛の言葉を途中で遮るように、キャロットは両耳をジタバタさせてバシバシと台を叩く。短い手足もバタついてはいるが、どこに触れるでもなく愛嬌があった。

「わかってんよ。全部わかっててコンゴーのとこに来てんだからよー。グダグダ言い訳すんの、やめよーぜ。時間ねーんだろ？　さっさとやってくれよ。俺はコンゴーのこと、信用してっからよ。何ならイッピツ書いてやろうか？　字はうまくねーけど、これでも多少書けるんだぜ」

ふふん、と横になったままふんぞり返る。ロボットだから計算が得意なのは当然として、動物型でありながら文字が書けるのか、と金剛は感心した。

「ありがたいけど、それはいいよ。それこそ言い訳がましいからな。それにセレンなら、何があってもお前さんを信じているだろうさ」

「じゃ、ちゃっちゃと始めてくれ」

「了解した」

金剛は、工具のような手術道具のような、大振りなものから繊細な作業用に至るまで、あらゆる機器の乗った皿を引き寄せてくる。

「……おや？」


「時は満ちた。長い空白を埋めるに相応《ふさわ》しい機会だ」

「……それ、誰かの名言？」

「いや？　俺が今考えた。名言っぽかったか？」

鷹揚に笑う金剛に、シラけた視線を送りながら。セレンはため息をつく。

昨夜、金剛に呼ばれてこう言われた。

「前に言ったこと、覚えてるか？　御跡切四葉との面会の件だが」

面会の意味はよくわからなかったが、いずれ会うことになると言われていたことはあったので、一応無言で頷いた。

「明日、出向くことにする。どうにか通信ができて、承諾を得たんでな。嫌なら留守番を頼んでもいいが、どうする？」

嫌だとは思わない。ただ、気掛かりだった。

「危険な目に遭う？」

「それは極力避けられるようにする。ただ、相手がよくわからないから、断言はしかねる。少なくとも、お前さんが命を落とすようなことはないようにするつもりだが」

セレンが想定した〈危険〉の範囲には、命を落とすことまでは含まれていなかったので、さすがに驚いた。それと同時に、御跡切四葉とは一体何者なのかも気になって仕方がない。

「俺のことは自分でなんとかするようにするからさ、金剛が死んだりしないならいいよ」

言い方にやや不安を覚えたので、セレンは牽制しながら答える。セレンを生かすために、金剛が犠牲になっては意味がない。何をするのかは知らないが、相手はどうにも読めないのだ。

「はっは、心配ありがとうな。現場の状況はリアルタイムでマキナと共有できるようにデバイスを調整してあるから、万一の場合はうちの嫁があらゆる手段を使ってどうにかしてくれるはずだ。安心しろ」

「なら……まぁ、一緒に行くけど」

「チビちゃんはどうする？」

「連れて行く」

セレンは即答した。最近マキナといる時間が増えたキャロットだが、セレンが眠るまでは一緒にダべっているし、目が覚めたら変わらずそこにいた。手元から離すという選択肢は、端《はな》からない。

「名言っていうか、クサいセリフだなって」

「そうかぁ、カッコ良く決めたかったんだが、なかなか厳しいなぁ」

穏やかに言う金剛の言葉からは、そう切迫した様子は窺えなかった。

「それにしても、よく十五年も前の連絡先が残ってたよね」

「多分、敢えて残しておいたんだろう。俺との通信用に。去り際に、意味深な言葉を残したから、それが功を奏したのかもな」

「へぇ。『忘れた頃にまた連絡する』みたいな？」

「ああ、あの時も何かカッコつけた言い方をしたような気がするなぁ。あいつが覚えてないといいんだが」

芝居がかったセリフを言いたくなるような状況ということは、よほど深刻な別れ方だったのだろう。この一ヶ月ほど一緒に過ごすうちに、セレンは金剛を少しずつ理解していった。決して声を荒げるようなことはなく、いつも口角を上げて笑っているか、意味深にニヤニヤしている。負の感情など持ったこともないように、弱音を吐くことも愚痴を漏らすこともなかった。

感情制御がロボット並に完璧なのかと思ったが、金剛はおそろしく人間らしい。表情もくるくる変わるし、よく笑う。マキナに窘《たしな》められるとすっかり小さくなってしまうし、キャロットと幼稚なゲームをする時でも真剣だ。

どこから見ても根っからの善人としか思えない金剛が、御跡切四葉と出会った時、何故命の危機に晒されるかも知れないような事態になるのか、想像もつかない。

「時は満ちた——か。よくわかんないけど、行くんだよね？」

「ああ。準備は万端だ」

「どこへ何しに——は、着いてからのお楽しみってわけだ？」

「打ち合わせ通りに行くかどうかもわからないからな。シミュレーションを何万通りしても仕方がない相手だ。なら出たとこ勝負でいこうじゃないか。それに、最後の選択は、誰かがしなくちゃならない」

「ふぅん。まぁいいよ。俺もいい加減退屈だったんだよね。研究室は勝手に使ってもいいって言ってくれたから、脚のメンテナンスとかガラクタいじりで多少は気は紛れたけどさ。やっぱりもうちょっと〈食う〉と〈寝る〉以外のことをしないと、早死にしそう」

「ははは、だからお前さんも太陽光を浴びてくればいいのに。人間にもある程度の太陽光は必要なんだぞ？」

「そりゃわかってるけどさ。キャロットとマキナさんの間に割って入るのも何だかなーって感じだし、気兼ねすんじゃん」

「自分のペットに気兼ねすか？　俺の嫁に嫉妬か？」

相変わらず意図の読めないニヤニヤした表情で、金剛が面白そうにちょっかいをかける。

「ちげーし！」

相変わらず飄々としている金剛には、セレンを助けた時と同様に「ちょっとそこまで」というような緩い空気感しかない。

その表情がふと真顔になったかと思うと。

「もしも。お前さんが許せないと思ったことがあればそのまま口に出せ。相手が御跡切四葉だと言っても、どうせお前さんには関係ないだろう？　臆するとは思っちゃいないが、俺にも遠慮はいらん。自分のことは自分で決めろ。尻拭いはしてやる」

それだけ言って、また目を細めて笑った。若い頃は童顔と言われていたらしいだけあって、微笑むとさらに年齢不詳になる。

「オッケー。まぁ、俺が思ったこと言わないのって、結構難しいから、失礼なこと言って金剛に迷惑かけたらごめんな」

「ははは、もう俺はお前さんの恩人になり過ぎてるから、今さら一つ二つ増えたところで気にせんよ」

セレンは開いたドアから駆けてきたキャロットを抱き上げ、一緒に見送りに来たマキナと出会った。

「マキナさん……」

「気を付けて行ってらっしゃい。あなたなら、きっと大丈夫ですよ」

「ありがとう。金剛借りてくね。マキナさんもこっちで仕事あるんでしょ？　頑張ってね」

「それはどうもありがとうございます。私のすることなど、知れていますから」

花のようにゆらりと微笑んで、そのまま儚く消えてしまいそうに見えた。マキナは御跡切四葉について、どれだけ知っているのだろうか？　金剛が今までこんな場所で潜んで暮らしていることと無関係には思えず、それでも見送りに出てくるマキナの気丈さにセレンは器の大きさを感じた。

そのマキナはくるりと金剛に向き直る。

「金剛……『愛しているわ』」

どこか代弁するような口調だったが、金剛はあまりに真正面から言われてやや驚く。

「どうしたんだ？　何を今さら。こんなシチュエーションで言われたら、まるで死亡フラグじゃないか。縁起でもないな。俺はちゃんと無事に帰ってくるよ。愛する嫁に会うためにな」

「〈私〉からのメッセージです。戻ってきたら続きを話しますよ。私も出征する夫と二度と会えないことを前提には言っていませんからね。約束はちゃんと守ってください」

「当たり前だ、俺がお前さんに嘘なんかついたことがあったか？　だいたい男ってのは、嫁に嘘をついても何故だか絶対バレるようになってるんだよなぁ。不思議なもんだ」

ふふ、と空気を小さく揺らすように微笑んだマキナは、セレンとキャロットにも「どうぞご無事で」と頭を下げた。

「よし、じゃあ行くか。どうせすぐ帰って来れるさ。一生の別れみたいな雰囲気はやめよう」

「そうだね。で、どこまで行くのか知らないけど、俺は外を歩けるの？」

「地下で繋がってる。だがもうほとぼりも冷めてるだろうし、お前さんが多少地上を移動したところで狙われることはないだろう。一応臨時の偽物のパーソナルタグを持たせてやるよ」

言って金剛は薄くて軽量なチップを手渡してきた。

「まだオフになってるから、発信はしない。脚にでも仕込めるか？」

「ああ、じゃあ適当に挟んどく。さんきゅ」

左足のスウェットを膝まで捲り上げて、傷だらけでテクスチャーのない機械むき出しの脚の隙間、小さな格納庫のような装備を開けてセレンはそこに入れた。

「オッケーだ。じゃ、出かけよう。夕飯のことでも考えていれば、すぐに着くさ」

「おー、マキナまた美味いメシ頼むなー。テメーも早く俺に味覚付けろなー」

「へいへい。一回くらい失敗したっていいじゃんか」

「失敗を責めてんじゃねーよ。は、や、く、って言ってんだよ」

「帰ったらやるよ」

「よっしゃー！」

歩き出す二人と一体は、道があるのかすらわからない地下迷宮を進む。途中はオートウォークになっていて、立っているだけで床が動くので助かった。しかしその分、移動距離がつかめない。だいたい金剛はこんなに広範囲に地下迷路を作っているが、国家にバレたりしないのだろうか？

さすがに趣味の域を超えているし、隠居生活には必要とは言え、多分この真上は地上の公道であるはずだ。

しかしふと見上げた金剛の眉間に珍しく深いシワが刻まれていたので、セレンは言葉を飲み込んだ。珍しくキャロットもはしゃがず、セレンは自分がどこに行くのかを見失いそうだった。


金属製の階段が、二人分の足音を立てる。キャロットはセレンが抱いているので、ステップを踏む二人の足音しかない。登りきった眼の前には白い大きな扉。どこかの施設のように清潔で、引っ掛かる部分もない。

金剛がそこに左手をかざすと、ドアは音もなく開いた。

「――時間きっかりだな。相変わらず、見かけによらず几帳面な男だ」

金剛ほどではないが、セレンよりは十センチ以上は背の高い、ひょろっとした痩せた男がそこに辿り着くなりデバイスの時計と照合させて言った。

地を這うような低い声。しかし通りは良く、奇妙に耳に引っ掛かる。病的なほどに色白で、手足が長く腰まで伸びた白髪を無造作に結わえた眼鏡の男がそこにいた。

「そういうお前さんは五分前集合ってとこか？　律儀だな」

お互いに褒め合っているとは思えない口調で上辺だけの挨拶をした。

「順当に年をとったらそうなるのか、それとも不要な要素はすべて削ぎ落としたのか……印象はそう変わらないが、容姿はすっかり変わったな。今のお前さんにはどれくらい人間が残っているんだ？　俺の知っていた御跡切四葉はどこにいる？」

「さぁ、私は変わっていないつもりだがね。外見などどうでもよかろう。私は私だ」

「へぇ、一人称を〈私〉に変えたわけか。もういろいろと捨て過ぎたんだろうな。何にも執着できずに、ただ生き延びることだけを目指したせいで、取り返しのつかないほどに」

言葉の応酬で相手の様子を窺う。二人ともニヤニヤと不敵な笑みを口元に浮かべ、久々の再開を楽しんでいるようにも見えた。セレンは気配を殺して立ち尽くすしかできない。

「まさか貴様から本当に連絡が来るとは思わなかったがね。それでもきっと、どこかしらで連絡があると感じていたからこそ、あの古いチャンネルを残しておいたんだ。私も甘いものだな」

「そりゃどうも。無駄にならなくて何よりだよ」

「それで？　二度と会いたくない相手だったが、何をしに今頃会いたくなってくれたんだろうな？」

「いろいろとハッキリさせたくてね。単刀直入に訊くよ。お前は本当に死なないのか？　この先お前は何を謀《はか》っている？」

「は、今さらそんなことか」

御跡切四葉は呆れたように肩をすくめ、ゆらりと張り詰めた空気を消すように踵《きびす》を返した。研究室のようなそのスペースはしかし、金剛の住処に比べると遥かに広い。大勢でさまざまな実験を行うような、大規模な実験・研究施設なのだろうと思われた。

『まことに人生はままならぬもので、生きている人間は多かれ少なかれ喜劇的である』——貴様はかつて、古い故人の言葉を引用したな」

「ああ、ミシマユキオだったな。よく覚えてたもんだ」

「ふん。今ではそうは思っていないのか？　私はあの時、面白い知識を持っていると、貴様を高く評価したんだだが」

「はっは、そりゃどうも。思う思わないで言うなら、今でも思ってはいるさ。人間は喜劇的だ。人生は喜劇だ。しかしそれは、人間の話であって、ロボットじゃない」

「私が人間ではないとでも？」

四葉は再び肩をすくめ、両手を呆れたように挙げた。金剛は構わず続ける。

「お前は滑稽ではあるよ。ただ、喜劇と呼ぶにはあまりにも物語がなさ過ぎる。それは人生とは言えないし、俺の定義ではお前を人間と呼ぶにはもう無理があり過ぎるんだ。しかしお前がロボットでないことも確かなのを俺は知ってしまっている。俺の知っていた御跡切四葉はかつて、少なくとも間違いなく人間だった。その四葉は、どこでいなくなってしまったんだろうな」

「ここにいる私がもう貴様の知っている私ではないと言うのなら、それは貴様が私を見る目がなかったということだろう。勝手な理想を押し付けて、失望したと言われても困るな」

「ああ、そうだな。だからもう、お前は俺の知っている御跡切四葉じゃない。そして、多分もうほとんど人間ではないんだろう？　だから、俺はお前には未練はないよ」

「ならば何故会いたいと？」

金剛は静かに佇んでいたセレンに目をやる。驚いたセレンは、同じように自分に視線をやった四葉と目が合った。首をすくめるように、軽く顎を引いて挨拶される。

「返しに来た」

「あの少年をか？」

「そうだ。お前の息子だよ」

「――え!?」

驚いて声を上げたのはセレンだ。四葉が興味深そうに金剛とセレンを交互に見る。

「セレン。お前の父親はこいつだ。そして母親は――俺の姉だ」

「!?」

重ねて驚いて、思わずキャロットを取り落しそうになる。御跡切一族の当代が父親で、金剛の姉が母親……？

わけがわからず、セレンは口を開きかける。が、四葉の方が早かった。

「何故この少年が私の息子だと？」

「榛名《はるな》が妊娠して生まれた子供だからだ。相手はお前以外にいるはずがないだろうが」

説明させるなとばかりに、金剛の声は怒りに震えていた。セレンは初めて見る金剛の強い感情に目を瞠《みは》る。静かな怒り。燃えるような炎の触れられない青さ。

「ほぅ。私に似たところがあるようには見えないが」

「バカみたいな天才だよ。機械に関しちゃ、多分お前さんに引けを取らない。しかもすべて自分の感覚と独学で得たものだ」

口唇の端に笑みをぶら下げ、四葉はセレンに向かって言った。

「きみの名前は？」

「……あ、以呂波セレン、です」

突然父親だと紹介されても、やはりセレンには何の感情も湧かない。取り敢えず、金剛の古い友人として考えて答える。

「ほぅ、施設出身か。養親もなく、望月金剛のところに身を寄せている、と？　事情はわからないが、仕組まれた偶然で出会えたのか」

仕組まれた……？

セレンは意味がわからず首を傾げる。金剛は「そんなことより」と話題を強引に変えた。

「お前は昔、死なないと言ったな。その真意は何だ？　ここに息子がいるんだから、跡を継がせたらいいんじゃないのか？　死なないはずがないだろう」

「いや、私は死なんよ。ただ、人間ではなくなるかも知れない。そういう意味では、人間としては死ぬのかも知れないがね。貴様も天才の端くれなら、わかるんじゃないのか？　この先人類がいかに身体を機械化して生き延びようとも、限界が必ず来るということが」

「それくらいのことは、随分昔から言ってるじゃないか。地球は太陽に引かれてる。いや、太陽が大き過ぎて、地球が引いているのにこちらから近付かざるを得ないだけかも知れんが、どちらでも同じことだ。そう遅くないうちに、機械化した身体もそうするための資源も技術者も人類も、何もかもが不足してくるだろう。もう人類に逃げ場はないんだ」

初めて知ったリアルな現実に、セレンはハッとした。どんなに人類の身体が太陽に抵抗しようと、ロボットに反乱を起こさせないように必死になろうと、いずれ地球は滅亡する。太陽に灼《や》かれて、飲み込まれる。避難先として候補に上げていた宇宙にはいまだに出られず、逃げ道はない。

「そうだろう？　ならば天才の考えで、私が見据えていることがわからないか？」

四葉は試すように言う。しかしそんな挑発には乗らず、金剛は四葉を見据えて言い放った。

「俺はロボット工学の分野の天才であって、お前のように神になるようなマルチな才能はないからな。凡人的な考えしか浮かばんよ。宇宙に逃げ場を探すか、身体を機械化して地球に留まるか。それくらいだ。まぁ運命だか神様だか宇宙だか、何かしらの意志が働いて人類を滅亡に導きたがっているのなら、それに従うのも一つの手だとは思うがね。とある話じゃあ、世界はもう何度も滅亡しているとも言われているらしいし、それなら滅亡してまた初めからやり直すのもアリなんじゃないか？」

「そう――それでいいじゃないか」

四葉が拍手とともにくつくつと笑った。金剛からその回答を導き出せたことが嬉しいらしい。

「結局貴様もそう考えるだろう？　人類は一度滅亡すればいいと」

「すればいいとは言ってない。ただ、そうならざるを得ないなら、仕方がないというだけだ」

「そうなのだよ。仕方がないんだ。私はいくつも仮説を立てた。宇宙人と交渉して、せめて小さな衛星の片隅にでも住処を与えてくれるように話し合いはできないものか。ノアの方舟のように、選ばれた人間だけでも生かしておいて、地球の再起をはかれないものか。しかし宇宙はもう閉じてしまった。かつて我々がクルーを派遣したあの近い惑星すら、今は同じ距離にはない。あの惑星は太陽には引かれていないからだ」

落ち着いた低い声からは感情の真意はわからないが、地球の滅亡の話をしているとは思えないほどに落ち着いていた。地球が滅亡するということは、人類が滅ぶということなのに。

「ならお前はどうやって生き延びる？　一人だけ例外的に宇宙に飛び出して許しを請うのか？」

金剛は呆れたように言った。しかし四葉は静かに首を横に振る。

「まさか。私とてそこまで欲張って生にしがみつきはしないさ。ただ、人類が滅ぶその瞬間まで、神となって見守ろうと決めたのだ」

「肉体を捨てるわけか」

「それに近くなるのだろうな。本当は優秀な部下がいれば安心だったのだが、貴様が私の元を去ってからは誰もが凡人だ。とても私の研究を預けるに値しない。今は〈自律機械《ドール》〉に多少任せている部分もあるが、私はロボット工学者を名乗りながら、ロボットの製作をやめたのでね。すべては無味乾燥なシステムの構築でしかない」

「……糸杉の脳はどうした？」

「ふふ、美味しくいただいたよ。燃やすのも壊すのも惜しい代物だったからね。少なくとも私の血肉になればと思った」

想像したセレンは、思わず「うえ」と小さく呟いた。先祖の記憶の詰まった脳を食べた子孫。御跡切四葉はそれだけでも、尋常な感覚を持った人間とは言い難い。

「さて、そこの少年。きみはどうやら私の息子らしい。それならば私の元へ来たまえ。これからは『御跡切』を名乗り、私に貢献してもらおう」

「え、やだ」

とっさにセレンはそう言った。驚いたのは金剛だ。四葉は予想済みだったのか、口唇の端を上げたままで不敵に笑っている。

「セレン？」

「え？　だってフッーにヤじゃん。何回か言っただろ？　今さら『父親です』なんて人が現れたって、別に感慨深くなるとは思えないって。実際今だってまったく感傷的にならないし、嬉しくも懐かしくもないよ。悪いけど」

「しかし何故私の元に彼を連れてきた？　母親の了解は取ってあるのか？」

「……死んだよ。セレンを産んですぐに、榛名は自殺した」

ふ、と四葉の表情が曇った。「本当に？」と小さく呟く。

「こんな嘘をついても仕方がないだろう。俺は以呂波に教育ロボットを送り込んで、セレンの成長を見守り続けた。大嫌いなお前の遺伝子が混じっていようと、セレンはセレンだ。俺の可愛い甥っ子だ」

そう言えば、金剛の姉が母親だと言っていた。なるほど、金剛とは気が合うわけだと、セレンは他人事のように考える。

「それでも彼は私の息子なのだろう？　貴様は私と別離する時からそれを知っていて、いつか返しに来ると言った」

「本人次第だがな」

何かセレンの知らぬ間に約束でも交わされていたらしい。しかし、目の前にいる長い白髪の目の細い長身痩躯の男が、まさか自分の父親だとは到底思えないし、そうだと言われたところで腑に落ちない。多分、心の中で何かが彼を拒否している。

「さぁ、こちらへ来たまえ。本物のパーソナルタグは捨てたのか。今持っているのは疑似だな。私が新しく作ってやろう。〈御跡切セレン〉として生きていくために」

金剛は目を伏せる。四葉はその場で右手を差し出し、セレンを待った。しかしセレンは動かない。そしてハッキリと言った。

「御跡切四葉さん。俺はあなたの子供にはなりませんし、なりたくもありません。どうせなら金剛を父親と呼びたいくらいだし、少なくともあなたは俺の存在をついさっきまで知らなかった。けれど血縁だと言われた途端、俺を引き取ると言い出した。たとえ本当に血縁者だとしても、俺からすれば何の世話にもなっていない、見ず知らずの初対面の相手であることには変わりない。実際に世話を焼いてくれたり、一度でも俺の話をきちんと聞いてくれた金剛の方がよっぽど恩義を感じる」

「ふふ、ならば私を拒むと言うのだな？」

「俺、ロボットに育てられたから、あなたのようにロボットは利用するだけのパーツに過ぎないっていう考え方にはなれない。利用できる価値があるなら人間でも利用するし、役に立たないなら人間でもロボットでも同じ評価をするのが俺なんだ。俺の中に、肉体を構成している物質で態度を変えるような基準はないよ。だからオトギリさんが人間でもロボットでもどっちでもいいんだけどさ。あくまで〈相手〉を見て、接して、評価する。だから俺はあなたを父親だとは思えないし、どんなに生物学的な証明を上げられても、俺は俺の意志で、あなたが嫌いです」

淀みなく言ったセレンの言葉は誰にも邪魔されることなく、辺りは急にシンとなった。そしておもむろに四葉が笑い出す。おかしくて仕方がないというように甲高い声で。

「そうかそうか、きみもやはり私を拒むか。金剛と同じだ。金にも名誉にも目もくれず、我が道を行く。自分が正しいと思った道を、正々堂々と歩んでいく。強い芯を持った人間だ」

「見事にフラれたもんだな、ヒトを愛したことのない憐れな男。愛されていたことに気付けなかった可愛そうな男。お前がもう少し人間を見る余裕があれば、失うものは最低限で済んだだろうに。息子はこんなに立派に育ったよ。お前が支配しようとしているロボットに育てられてでも」

「そうか……ならばもう、交渉しても無駄ということか」

「だったらどうする？」

「私に比肩するほどの天才的な頭脳を持っているのなら、私が最大限に利用するのが一番有効だと思ったが、そうならないのなら、貴様に価値はない。今ここで、私に消されるがいい」

先に金剛に聞いていた通り、セレンは欲しがられる次は消されるのが順当らしい。やや呆れてセレンはぽつりと言った。どこか哀しみを帯びた声で。

「オトギリさんって、いっつもそうなの？　これまでもずっと」

ふと、四葉は不思議そうな表情になる。反論されることはまずない立場だ。しかもこんなに歳の離れた子供に、呆れたような、さらには憐れみを含んだような目を向けられるとは。

「そう、とは?」

「そうやって、自分の言うことを聞かなかったり、思い通りにならなくて拒絶されたりした相手は、切り離したり消したりするタイプってこと。簡単に言うとわがまま。身勝手。思い上がり」

容赦ないセレンの言葉に、四葉は破顔した。

「それはさんざん言われようだな」

「だってそうじゃない? ヒトとの付き合い方知らないのかな。それともロボット相手と人間相手じゃ、違う顔するの? どっちもたいして変わらないのに」

「大違いだろう」

「でもあなたは神様なんかじゃないでしょ。そっちこそ、激しく大違いだと思うけどね」

ふ、と諦めたように四葉は笑った。この少年も、やはり手に入らないのか、と。

しかしセレンは気付かずに言葉を続ける。

「あなたはきっと、奪うことしか知らないんですね。もしも誰かの持っているものに興味があるなら、ちょっと見せてって頼めば見せてくれるだろうし、気に入ったんならあげるよって言ってくれるヒトもいるのに。あげることはできないけど、それがどこに行けば手に入るかくらいは教えてあげられるし、そもそもあなたが天才ロボット工学者なら、自分で何でも作り出せるんでしょう? なのにあなたは、まるでそれが楽しみかのように、他人から何でも奪う。形のあるものや替えのきくものばかりじゃなくて、壊れたらもう元に戻せないものや、唯一無二のもの、愛情や人間関係なんかみたいに目に見えないものまで、あなたは奪って壊す。本当は羨ましいんでしょう？　あなたには、それをどうやって手に入れられるかがわからないから。そして自分で作り出すこともできないから。他人に頼むなんて恥だと思ってる変なプライドが邪魔するから」

四葉は無言で右手に仕込んだ銃を手元にスライドさせた。

「セレン！」

向けられた銃口からセレンを守るように、おとなしく手元に持たれていたキャロットが跳ねて小さな盾のように変形する。

「な、変形？　なんで……」

「うるせー。今さら何言ってんだバーカ。テメーを守れるのがオレの特権じゃねーか」

キィン……と金属音を響かせて、盾状に開いたキャロットの装甲を三回弾く。すべての弾は不規則に飛び散った。威嚇だけなのか、爆破する性質のものではないらしい。

「セレンの言ってることは間違ってないだろう？　だからお前は頭にきた。誰にも信じてもらえない奴よりも、誰も信じることのできないお前の方が、遥かに可哀想で憐れだよ」

落ち着いた声音で言う金剛の声を聞いて、キャロットを改造したのが彼だとすぐに察する。しかし、きっとセレンを守りたいと言い出したのはキャロットだろうということも同時に理解できた。十ヶ条を入力していなくても、飼い主に忠実なペットロボット。だからこそ、制約を設けずに心底信頼していた大切な相棒。

「人間は間違える生き物だ。間違えるから人間なんだ」

「何の禅問答だ？」

今度は左腕に何かを装備しようとしている様子を見て、キャロットが動物型に戻って駆け出してその腕に巻き付く。重そうな機械の腕でキャロットを小虫のように振り払おうとしたが、キャロットの背中から伸びた無数のワイヤで腕を拘束された。

「チッ」

「つまりお前も間違えた。間違い続けた。だから、神になんてなれないんだよ」

「最終的に、それが言いたくてここまで来たのか？」

「俺は榛名の最後の言葉を遂行したいだけだ。『四葉さんを助けてあげて』……そう言って、榛名は笑った」

ゴクリと唾を飲む音が聞こえた。四葉もその言葉に驚いたらしい。まさか。彼女が？

「セレンに手を出すな。知らなかったとは言え、お前のたった一人の息子だ。別にお前の功績を奪おうっていうんじゃない。ただ、セレンに父親がいることを教えてやりたかった。まぁ、余計なお世話だったみたいだがな」

「そうか。それで彼の命が危険に晒されると予見して、こんな玩具《おもちゃ》で私を縛るのか」

「縛る気はないよ。お前のパーソナルタグは左腕の付け根に差し込まれてる。爆破すれば死亡者だ。しかしお前のことだから、きっとタグのバックアップなんてまだあるんだろう？　何しろ身体のほとんどを機械化してるんだからな」

「ご明察。さすがかつて親友を気取っていただけによくわかるな。しかし私には、貴様のしたいことが何一つわからんよ。私の息子だという少年を連れてきて、その本人に拒絶されるところが見たかったのか？　貴様の趣味は良い方とは言えんが、そこまで性格が悪いとは思わなかったが」

「それは高い評価をどうも。確かにお前にセレンを見せびらかしに来たわけでも、お前を傷付けに来たわけでもないさ。ただ、俺は榛名の遺言を遂行したい」

「相変わらず姉君への崇拝の念は深いな」

知っているかのように四葉はニヤリと笑う。白く長い髪が生き物のようにうねって、自分の腕を固定していたキャロットを包んだ。

「うっわ！　何すんだコレ！　ブッ殺すぞ！」

「キャロット！」

セレンがいかにキャロットを大切にしているかを見抜いたのか、四葉は卑怯にもキャロットを人質にするつもりらしい。しかしキャロットはそれを悟り、できる限りの大声でセレンに言った。

「月がキレイですね、ってテメーに言っておく！　意味わかんねーなら後でコンゴーに訊け。オレもコンゴーに教えてもらったんだ。二度と言わねーから忘れんなよ！」

言うなり、セレンの答えも待たずに四葉の両腕をもぎ取ったまま自爆した。

「キャロット！　おい！」

はらはらと機械の欠片が舞う。無秩序に飛び散ったガラクタの破片と、高級な純正パーツ。ガラクタは雪のように淡く結晶を作って舞い散り、純正パーツは固く突き刺さるように飛び散る。

「キャ、ロッ、ト……」

機械の脚から力が抜け、セレンは崩れるようにへたりこんだ。淡雪のように舞ってくるガラクタの破片を見上げて呟く。

『死んでもいいです』――なんて、言えるわけねぇだろ。二度と言えないくせに」

手元に降ってきたガラクタを手に取る。四葉のパーツとの違いなどすぐにわかる。何しろ自分が作ったのだ。それに、匂いで追える。セレンの匂い、金剛の匂い、マキナの――着衣に着いた料理やあの住処の匂い。

反して四葉のパーツは無臭に近く、純正そのものの美しい砕け方をしていた。

ガラクタは雪になり、純正は鋭利な破片になっている。キャロットのパーツだけを無言で集めながら、セレンは四葉に視線をやらずにボソボソと言った。

「オトギリさん。どうしてキャロットがあんたの頭に張り付いて自爆しなかったかわかるか？十ヶ条のせいじゃないよ。あいつにそんなもん入ってないから」

それを聞いて四葉は少し驚いた。十ヶ条を入力していないのに、自爆覚悟で主人を守ったロボットに対して。そして己を殺さなかったことにも。

「あいつはあんたを殺すのは俺が望んでないことだってわかってたんだ。俺が罪悪感に駆られたり、哀しんだりするって知ってたんだよ。だから一度でも事実上死亡者扱いにできるように、デバイスごと吹き飛ばした。あいつは何も言わなかったけど、俺にはわかる。あいつのことなら何だってわかる。相棒だからな。今さら都合良く父親面して俺を利用するような大人より、ずっと理解し合ってるんだ。人間とロボットでも、変わらず」

「……すまなかった、セレン」

金剛が傷付いたように言う。セレンはそちらを見ずに首を横に振り、キャロットの欠片を集め続ける。

「──ならば一つ言わせてもらうが、その少年は私の息子ではないよ」

「?!」

声もなく驚いたのは金剛だ。

「何故？　榛名が産んだのは確かだ」

「だからと言って、何故相手が私だと決め付ける？　他の男の可能性は当たったのか？」

「バカを言うな。榛名がお前以外の男の子を宿すわけがないだろう」

「ならば聞いてはいないのだな。父親の名を」

両腕を失くしたまま、四葉は饒舌に言う。

「貴様の姉君は確かに誠実で約束を守る方のようだ。今さらだが、教えてやろう。私には先天的に子孫を残す手段がないのだよ。だからどう間違えても、我が子を授かることはできない」

「な……じゃあセレンは？　榛名は誰の子を身ごもったんだ？」

「本当に心当たりはないのか？　貴様の家は医学者ばかりだろう？　かつて言っていたじゃないか。人類の滅亡に貧した時に、両親が少しでも役立てるようにと、貴様たちきょうだいから精子と卵子の保存を試みたと」

「――!!」

思い出した。かつて医師だった両親は、年頃の姉と弟から体液を採取した。生殖医療はかなり発達しているし、父親はそちらを専門に研究もしている。当時はどうせ何かの試験にでも使うのだろうと、仕事熱心な父親に辟易していた。子供からまでサンプルを取るなんて、と。

「もういい。わかった」

ごと、と金剛はポケットに忍ばせていたいくつもの機械の塊を床に転がす。爆発物ではないようで、セレンの前を通ってすべてが四葉の周りに集まった。

もう何も言いたくないとばかりに、金剛は両手の人差し指で鍵のような形を作り、二つを交差させて解除するような仕草をする。途端にその塊から、見えない気体が吹き出した。

「金剛!?」

焦ってセレンが声を掛けるも、金剛は首を振って背を向けた。

「心配いらんよ。毒物や爆薬じゃない。お前さんにも害はない」

四葉を包むように膨らんだ気体は、彼を微笑ませた。やんわりと四葉は言う。

「優しいな、金剛。優し過ぎるのだよ、貴様の感情は。ヒト一人傷付けられない。愚かしいほどの優しさが貴様の弱みだ。すべてを一人で背負おうとする傲慢さで知らず多くを傷付けておきながら、無自覚に自分だけを責める優しさが、いつも貴様を不幸に陥れているのだろう？」

何かを知っているかのように淡々と言う四葉。キャロットの残骸をほぼ集め終わったセレンは、唯一ほとんど損傷のないまま残された長い耳を両手で持つ。

「もうその重い荷を下ろしたらどうだ？　一人で持てない荷物なら、捨て去るか誰かに託せばいい。ヒト一人にとって本当に必要な荷物など知れている。貴様は自分以外の分まで背負い過ぎだ。自分の分さえ持てない奴を、貴様が支えてやる義理などないだろうに、何故そうも他者に身を捧げるのだ。私には応えなかったくせに、何故だ？　自らの傷から目を背けるためか？　弱い自分を隠すためか？」

四葉を包むのは、金剛の負の感情だ。

憎しみ、憎しみ、憎しみ憎しみ憎しみ憎しみ憎しみ憎しみ憎しみ……痛み、後悔、哀しみ、憐れみ。

そして――孤独の淋しさ。

「貴様の負の感情など、私にとっては掠《かす》り傷にもならんよ」

不安、苦しみ、絶望。

「これが攻撃になると思ったのか？　私に対しての復讐に？　違うだろう。これでは貴様が辛いだけだ」

渇望、願い、閉ざされた希望、暗闇。

「しかしこれが貴様の最大の攻撃だというのなら、甘んじて受けてやろう。それが私の払える最大の敬意だ。そしてこの程度の重みしか与えられなかった己を恥じよう。所詮貴様にとっての私の存在など、その程度に過ぎなかったのだと認めよう。かつて私を親友だと言った男に」

見えない未来、戻れない過去、喪《うしな》われた愛する人、何も伝えられずに。

「しかしな、もう良いだろう？　これ以上自分を傷付けて何になる。痛みは貴様をこの世に留めるための言い訳にしかなるまい。それとも、そんな些末な言い訳がなければ生き延びられないほどに、貴様は弱くなってしまったのか？　私の伸ばした手を振り払っておきながら、本当は淋しかったと嘆くのか？」

セレンにもその感情が流れ込んできた。キャロットしか知らない、金剛の負の感情を詰め込んだ〈自律機械《ドール》〉での感情攻撃。普段は穏やかで笑っているところしか見たことがないのは、負の感情を集めて封印していたからだ。

「貴様はもう小さな子供ではないだろう。貴様を甘やかしてくれた姉君ももうこの世にいないと言うのなら、尚さらではないのか？　今度は貴様が我が子を甘やかしてやれ。思いきり叱ってやれ。自分がして欲しかったことをしてやればいい」

我が子——それはセレンのことなのだろうか？　金剛は後天的な理由で生殖機能が役に立たなくなったと聞いている。しかし、御跡切四葉が知っている頃の金剛は、まだそうはなっていなかったのかも知れない。反して四葉は先天的に生殖手段がない。万能細胞で治療したとも言わないところを見れば、ずっとそのままなのだろう。

「私にはわかるはずのない愛だの何だのという感情で、幸せで満たしてやれ。それが貴様自身を満たす最後の手段だ。そして自覚しろ。自分が付けた傷で、生きながらえているヒトの存在を。貴様を待つ者の見つめる視線を」

最後の言葉に金剛はハッとして振り返る。四葉はもう笑みを浮かべておらず、目を閉じて金剛の負の感情を受け入れている。動揺はない。甘んじて受け入れるという言葉は本気なのだろう。痛くも痒くもないのだろうが。

「お前は……何を知っているんだ？」

「何を？　さぁ。特別なことは何も知らんよ。ただ、貴様の姉君が私に抱かれたいと言ってきたことがあったな。しかし私にはそれは無理だった。だから思い切ってそう打ち明けたら、姉君は何も悪くはないのに謝りながら泣いていた。私が姉君に頼んだことは一つだけだ。このことは金剛には言わないで欲しいと。情けない話だろう？　御跡切はもう終わりなのだから」

「……終わり？」

「世界の理《ことわり》は、御跡切糸杉を生んだ。そして木蔦もたまたま才能に恵まれた。だがそれだけだ。糸杉を初代とするなら、私は五代目だ。しかし、木蔦以降は誰も目ぼしい功績を上げてはいない。ただ糸杉が可能な限り身体を機械化して延命して長生きしたせいで、御跡切はロボット工学の権威でいられた。しかし貴様も知っての通り、女性に関する運の悪さはお墨付きだ」

自虐的に笑う四葉もまた、母親に捨てられた立場だ。

「そして私の代になって、とうとう子孫を繁栄させられなくなった。もちろん万能細胞で治療するという手段はあったが、そんな屈辱的なことは御免だ。ちょうどいいだろう。もう御跡切の一族は潰《つい》えても構わないのだよ」

「そんな……しかし」

「よく思い出せ金剛。貴様が姉君のことを、きょうだいという関係以上に慕っていたことはわかっている。そして姉君もまた、貴様と同じ想いだったのだよ。私には愛だの何だのには興味がない。愛し方も愛され方もわからない。だから私が貴様に向ける感情を、誰がどう呼ぶのかもわからない。ただ、私は本気で貴様が欲しかった。ずっとそばにいて、くだらないことを遠慮なく言い合えて、御跡切である私に気を遣わずに接してくれたのは、私にとっては貴様しかいなかったからだ。こんな私に、親友だと言ってくれた相手も」

「……」

金剛は呆然と立っていた。全然知らなかった。四葉の想いも、姉の覚悟も。全部自分だけの不幸だと思い込んでいた。滑稽なほどに悲劇の渦中気取りであった。

「四葉」

「どうした」

「もしかしてお前は、それを伝えるためにここに来たのか？」

「まさか。呼び出したのは貴様の方だろう。それに、本物の私のパーソナルタグは研究室に置いてあるから、残念ながら私はまだそこで生きているはずだ」

「だいたいわかっていたよ。それでも、俺はお前を壊したかった。どこまで人間でいるのかを知りたかった。そして、やっと理解した。お前は今でもちゃんと、人間だ」

「そうか。しかしやがて本当にロボットになるかも知れん。地球が太陽に近付く速度はこの先どんどん上がるだろう。もしかすると、貴様が生きているうちに人類と地球は太陽に飲まれるかも知れない。ただ、私はこの広い宇宙から地球が一つ消えたくらいでは、世界の理には何一つ影響しないのだろうと思うのだ。だからこそ、ロボットを支配して人類を淘汰し、恐怖も痛みもないロボットの世界になってから滅びゆく地球を見守りたい」

「ロボットに人類を繁殖させる計画はどうなった？」

「はは、そんな戯言《ざれごと》を言っていたこともあったな。あんなもの、不可能だ。いくら私が御跡切の天才でも、ロボットに人類を繁殖させられるわけがない。それに、貴様が去ってから気付いたよ。人類を増やしても、やがて滅亡する地球に残れば不幸なだけだと。だからこそ、この世をロボットで満たそうと考えを変えた。現存する人類がすべて潰えるまで、地球の滅亡を避けられると良いのだがな。それは神のみぞ知る、だ」

「ばかな……」

それでは、四葉は人類唯一の生き残りとして、地球の滅亡に付き合うつもりでいるのか？　太陽に引かれる地球を止めるすべはなく、宇宙にも逃げ場のない人類が滅びるまで生き延びて、恐れを知らないロボットたちと心中すると——？

「何故、そこまでお前が背負うんだ」

「私が御跡切最後の生き残りだからだよ。その少年は私の息子ではあり得ないからな。ちなみにきみの脚は生まれつきか？」

目を開いた四葉がセレンを見下ろす。セレンはコクリと頷く。

「そうか……近親者同士の遺伝子では、やはりどこかに不具合が出ることは避けられないのだな」

「四葉……お前の言うことを、俺は本当に信じてもいいのか？」

「さて。信じる信じないは私の強制すべきことではないだろうよ。それにしてもおかしいな。貴様が私にあるものを返しに来る予定だと告げられた日は、まさか人間だとは思わなかった。姉君は約束を守ってくれたのだな」

「榛名は口は固い。頑固なまでにな」

「それは貴様も同様だろうよ。自分で決めたことには恐ろしく頑固で融通が利かない。よく似たきょうだいだ」

「そのきょうだい二人して、お前の手玉にされたな。いや、進んでこちらから遊ばれたとでも言うか」

「面白いな。私はどちらでも構わんよ。事実しか言わないだけだ」

シャツを脱いでそれに包むようにキャロットの残骸をもれなく入れたセレンは、立ち上がって四葉の元に行く。

「オトギリさん。俺はまだあなたが好きじゃない。でも悪い人じゃないのはわかった。不器用なだけだ。金剛との絆は、大切にした方がいいよ。あれでも金剛は、ずっとあんたのことを気に掛けてるから」

「――そうか。それはありがたいな。こんなにもヒトから離れた私を、まだ忘れないでいてくれるとは」

ふ、と力が抜けるように微笑んで、四葉は小さく「すまないな」と呟いた。セレンの持つガラクタの欠片に向かって。

「結局さぁ、みんな淋しかっただけなんだろ？　俺もまだいろいろわかんないけど、ヒトは淋しがり屋だから、一人じゃダメなんだよ。金剛は家族を喪って淋しくて、オトギリさんは金剛を手放して淋しくて。俺は……キャロットがいなくなって淋しいよ」

今にも泣き出しそうなキレイな顔が、強い目で四葉を見た。

「だからあんた、言ったことはちゃんと遂行してよね。俺たちが死ぬまで、地球を守ってよね。それから、死ぬ時は一人じゃないように、大切なロボットでもいいから作っておきなよ。あんた本物の天才なんでしょ？　あんたの気持ちを誰より理解してくれるロボットくらい、ちょっと素直になれば作れるんじゃないの？」

　それだけ言い放つと、セレンは四葉の返答も聞かずに金剛の元へ寄った。

「帰ろう、金剛」

「……ああ」

　自分の負の感情に当てられたのか、四葉の言葉に打ちのめされたのか、金剛は憔悴し切って最低限の返事だけをして歩み出す。

「金剛。チャンネルは開放しておくぞ。また貴様に会いたくなるやも知れん」

　金剛は背を向けたまま四葉にヒラヒラと手を振った。四葉も追う様子はない。

　そして来た道かどうかもわからない謎の地下迷路を辿って、住処に辿り着いた。想像していたマキナの迎えはなかった。そう言えば視覚などを同調させていると言っていたから、空気を読んで姿を現さないのかも知れない。空気を読むロボットというのも不思議だけれど。

「俺、しばらく引きこもるから」

　帰り道、どちらも無言で歩いた。言いたいことも訊きたいこともあったが、何よりセレンにとってはキャロットのことが一番哀しかった。一枚目のドアが開くなりそう言って駆け出し、セレンは充てがわれた部屋にこもってしまった。

「はは……とんだ勘違いだ……」

　研究室の椅子に脱力して座っていると、音もなくマキナがやってくる。

「お疲れ様です。ご無事で何より」

「俺のことはいいよ。セレンが心配だ」

「言われたように手配はしてあります。あとは彼の心の強さ次第でしょう」

「俺の方が弱いのかも知れないいな」

「今頃気付いたのですか？」

「……相変わらず辛口だなぁ、俺の嫁は」

「あなたがそのように作ったからでしょう」

×××

「えぇ……？」

「驚きましたか？　俺は生涯子孫を残せない身体なんですよ」

「そんな……」

「このことを、弟君に話したりしますか？」

「まさか。そんなことはしないわ。──できない」

「それは助かります。いくら男同士と言えども──いや、男同士だからこそ、秘密にしておきたいことも、多くの場面であるんですよ。俺とあいつなら、なおのこと」

「そのままで、いいの？」

「構いません。俺は俺の代で終わらせたかったんです。だからちょうどいい。神様の思し召しとでも言うのでしょうね」

「でもあなた、泣いているわ」

「これは単純な生理現象です。子孫の繁栄は成せずとも、それ以外の生理現象は生きているのですよ。これは二人だけの秘密です。だから俺も、あなたがこの件を利用して何をしようとも、何も口は出しません。ご随意に」

「私が何をするか知って……？」

「知りませんよ。ただ、自分ならどうするか想像しただけです。ですから、何をしても自由なんですよ」

「……ありがとう。ごめんなさい」

「お役に立てるならそれで十分ですよ、姉君。だから俺の分まで泣かないでください」

「……そうね、私にそんな資格なんてないわね。私は弟にだけでなく、あなたにまで酷いことをしてしまって。それでもまだ、あなたの能力を必要としているの。身勝手でしょう？　断ってくれてもいいのよ？」

「いいえ、俺と姉君の間には、いつもあいつがいました。あいつがいたからこそ、俺は姉君とこんな奇妙な共謀者関係になれた。光栄ですよ」

「そんなふうに言ってくれるのね。私も弟も、あなたの存在にどれだけ救われたことか……」

「少しでもお役に立てたのならば本望ですよ。さぁ、最後の仕上げをしましょう」

「ありがとう。あなたが弟を支えてくれていて、本当に良かった……」

第四章

リブート・オブ・バディ

ヒトは一度しか死ねないのだから

「臍の緒？」

「そうだ。人間の赤ん坊は、胎内で母親とそれで繋がっている。そこから栄養を供給されているようなもんだな」

「それを、産まれる時に切り離すのですか？」

「そういうことだ。文化圏にもよるが、俺たちの国では昔から臍の緒は産科医が桐の箱に入れて記念にくれたもんだよ。母親と繋がっていた証拠だ」

「ヒトは……やはり素晴らしいのですね」

×××

十日になる。セレンが引きこもると宣言してから、本当に一歩も部屋から出ていないようだった。一応食事はマキナが部屋の前まで運び、物理的にノックすべきドアがないので事前に室内に準備しておいた〈自律機械《ドール》〉が知らせるようにしてある。しかし、水分は摂っているが、食事は手付かずで、あれほどマキナの料理を美味しいと貪り食っていたセレンとは思えなかった。

ただ、トレイを下げに行くと、水の入ったボトルだけがない。確かにヒトはしばらく食べていなくても、水分さえあれば生き延びられるらしいが、余分な脂肪分のないようなセレンの体型を知っているだけに、部屋の中で倒れていないか心配になった。ボトルがなくなっているので、生存はしているらしいことだけはわかる。

「長いですね」

「そりゃあな。あれだけ大切にしていたチビちゃんを喪って、そう簡単にセレンが立ち直れるとは思えない。悪いことをしたな。せめて話ができればいいんだが」

「予測が甘かったようですね」

「まさかあんなに心が強いとはな。親に似ず」

「セレンさんは本当にあなたとお姉さまの？」

「わからん。ただ、榛名から生まれたのは確かだし、榛名ならそうできる可能性は確かにあった。お前さんには榛名の話はしたことがなかったな」

「そうですね。今の嫁に、過去に慕っていた相手の話はできないでしょう？」

ふふ、とマキナは笑みを浮かべる。

「大丈夫だと言ってあげればよろしいのに」

「今俺が何を言っても無駄だろう。むしろ計画的にチビちゃんを犠牲にしたとしか思えない。不信感もあるさ」

「また逃げるのですか？　御跡切四葉さんでさえ、本音を語ったというのに」

ぐ、と言葉が継げなくなる。そうだ。あの御跡切四葉でさえ、金剛の負の感情を甘んじて受け入れ、自分の正直な気持ちを伝えてきた。十五年も音信不通のチャンネルを古いままに保管し、金剛を待っていた。

「……俺は、弱いな」

「今でも私の膝枕がないと眠れない人ですからね」

「おま……それは言うな。仮眠なら大丈夫だ。ただ、深く寝入って起きた時に、誰もそばにいないのは怖いんだ」

「セレンさんも同じじゃありませんか？　あんなにキャロットさんとべったり一緒にいたのに、こんな形で喪ってしまうなんて」

「そう、だな……」

リビングでそう話し合っている二人は、やがて沈黙した。金剛は黙ってマキナの入れたコーヒーを飲む。人工的な味だが、風味はある。

すると、気付かないうちに音もなくドアが開き、マキナが気配を察してそちらを見て驚いた。

その様子を見て金剛も振り返る。

セレンがいた。手には見知った白い塊。

「金剛」

「何だ」

顎を引いて真面目に答えた。

「一つだけ頼みがある」

「言ってみな」

まるで最初に出会った時のように、気軽に請け負った。きっとそれは金剛にだけ可能なことだからだ。

「キャロットを戻して。こないだまでの、元通りのキャロットにしてくれ」

「オーケー、わかった」

そしてまた、あっさりと快諾された。

「〈なきがら〉っていうんだろ？　こういうの。うまいこと言うよなぁ。ホント、今のこいつはただのカラだ。外側だけの空き箱だ」

その空っぽのガラクタを捧げ持つようにして、もともと細身なのにさらに痩せこけたように見えるセレンは気丈に言った。目の下のクマが酷い。寝る間も惜しんでキャロットを組み立てたことが窺える。

「なぁ、キャロットが言い出したのか？」

「――まぁ、最初はそうだ。しかし、俺は一旦断った。が、状況が変わったことをチビちゃんに伝えると、お前さんを守れる最高の仕様にしてくれと言われたよ」

「じゃあ、〈アレ〉はその時に？」

「ああ。さすがに粉々になったら戻せないからな」

セレンが自室に引きこもり、作業台にしていた場所にキャロットの破片を置くと、そこにはそれまでなかったものが二つあった。一つはマキナが食事を運んできたことを知らせるドール。簡易的な作りで、「ショクジデス」と伝えるだけのものだ。

そしてもう一つ。セレンが施設から出た時に渡されたものを、大切にキャロットの腹の中に収めてあった。それは生まれた時に切ったという臍の緒だった。簡素なグレーのプラスチックケースの中に、エアクッションが敷かれ、そこに見ただけでは何なのかわからないような、干からびた人体構造物質の一部があった。

セレンが人間の母親から生まれてきたという証。施設を出る子供すべてにそれが渡されるわけではなく、母親が求めた場合のみ本人が施設を出る際に一緒に渡されるという。

セレンは最初、臍の緒が何かを知らなかった。以呂波では教わらなかったし、受け取った時は気持ち悪いとさえ思った。しかし自分で調べてみると、それもまた名前のように、母親という人がセレンへの愛情を込めてくれたものなのだとわかった。だから一番失くさないもの、忘れたりしないところ――キャロットの体内にそれを収めた。それはキャロット本人も知らないことだ。

それがわざわざ取り出されて部屋に置かれているということで、セレンはことの成り行きを大方察した。

「セレン……その、悪かったな、いろいろと巻き込んじまって」

「別にいいよ。俺も関係ある話っぽかったし、悪気はないんでしょ」

そっけなくはあったが、セレンも金剛にどう接すればいいのか戸惑っているようだった。なるべく変化のないようにしようと試みるが、マキナから見れば微笑ましいほどに初々しく映る。

「じゃあ、部屋を移動しよう」

「あ、マキナさん」

「はい？」

突然自分に声が掛かるとは思わず、つい意外な声になる。

「食事、全然食べれなくてごめんなさい。それで、すごく申し訳ないんだけど、お腹空いた……」

心底申し訳なさそうなセレンの申し出に、マキナは花のような笑顔で「わかりました」と答えた。

「準備しておきますよ。パーティですね」

パッとセレンの表情が華やぐ。

「ありがとう！」

そして金剛について部屋を出た。


「――何も、訊かないのか？」

「何を訊くの？」

研究室で準備を整えながら、金剛は手元に工具を揃える。少し離れた椅子にセレンは背もたれを抱くように座っていた。

「四葉がいろいろややこしいことを言っていただろう。正直、俺もまだよくわからない」

「あー、それね。いいんだ、別に。前に言ったでしょ？　俺は別に今さら親を見つけ出す気はないって。オトギリさん家《ち》の子孫だって言われた時には驚いたけど、それも勘違いみたいだし。俺は俺だよ。だから別にいい」

「そうか……お前さんは本当に強いな」

「金剛の方が強いよ。たくさん重荷を抱えて生きてきたんでしょ？　いろいろ悩んで困って辛い思いをして、それでも生きてきた。十分すごいよ」

「ありがとうな」

セレンが組み上げたキャロットのパーツは、記号や番号が振られていたわけでもないのに、緻密で正確だった。せめて爆破しても形がわかるようにと、金剛が塗装液で鋭利に飛び散らないようにはしたものの、耳以外が四散したのにも関わらず完璧な再現だった。足りないパーツも当然あっただろうが、セレンの左手首の外部デバイスがなくなっていたので、スペックの底上げにそれを分解して使用したのであろうと思われた。

「俺がチビちゃんを元に戻せると思うか？」

「思うよ。金剛は天才なんでしょ？　それに、ただキャロットを武装仕様に変えただけとは思えない」

「利口だな。俺は見抜かれてばかりだ」

「別に金剛のことがわかるわけじゃないよ。俺だったらどうするか考えただけ」

「そうか。……似てるのかもな」

「親子ならね」

　ハッと金剛はセレンを見る。きょとんと見返す視線は、特別な意味はないと告げていた。

「キャロットが言ってたよ。金剛と俺は似てるって。何しろ、バカやる方法が同じだって言ってた。マキナさんに十ヶ条入れてないんでしょ？　ヒト型に十ヶ条入れないとか、普通しないよねぇ」

　くすくすと屈託なく笑うセレンは、まったく金剛を恨んでいるようには見えない。むしろ、キャロットを元通りに返してくれると信頼し切っているようだった。

「そりゃあ、自分の嫁は自由にしてやりたいじゃないか」

「だから食事抜きなんていう暴挙ができるんだね。面白いなぁ。でもマキナさんもきっと、金剛に万一のことがあったら守るよね。だって金剛のことすごく大切だって言ってたもん。大好きだって」

「……本当か？」

「嘘ついても仕方ないでしょ。ホントだよ。キャロットなんか毎晩ずーっとしゃべってるらしいからさ、結構すぐ仲良くなったみたい。マキナさんもわりと毒舌らしいね。見た目がすごくキレイだから、凄みがあるんだってさ」

思い出の中のキャロットは生き生きとセレンに話す。「昨日さー、マキナと話してたんだけどよー」と毎日のように言うので、まるで自分もマキナと一緒に話しているような気分になったものだ。目の前のガラクタの継《つ》ぎ接《は》ぎになってしまった相棒は、かつて屈託なくヒト型ロボットに懐いていた。

そして主人であるセレンにはとびっきりに。

「――なぁ。ちゃんとキャロットは戻る？」

「ああ、戻るさ」

「どれくらい？」

「大破する直前まで」

さすがにセレンも驚いた。そこで金剛がやや大きめの機械からコードを引っ張り出してくる。キャロットの背中を開け、相変わらず緻密に再現されていることに目を見張りつつも動きを止めずに繋げた。

「昔な、マキナに使おうと思って作ったんだ。データを丸ごとバックアップするシステムだよ。定期的にデータを取って、万一本体が壊れても、内部の性格や気質や記憶まで完全に復旧できる。ただ、マキナにはそれを使うのをやめたんだ。あいつに万一のことがあれば、それは俺のせいだろうからな。保険があると、気が緩む」

だから、マキナは一度死んだらおしまいだ――そう金剛は言った。

「じゃあ、キャロットはそこにバックアップされてるってこと？」

「ああ。アップグレードしてデータのリアルタイム受信も作ったから、お前さんに最後の言葉を言ったところまでは戻せる。何しろボディがこれだけ完璧だからな。間違いなく完全にあのチビちゃんが戻ってくるよ」

「……良かった……」

泣きそうな顔でセレンが安堵の息を吐く。

「じゃあ、やるぞ。そう時間はかからんが、何しろチビちゃんの記憶はあの時点までだ。目覚めた時にどういう反応を示すかはわからん。頼むぞ」

「わかった」

大きな機械のスイッチをいくつも弾いてダイヤルを回したりモニタを確認しながら、金剛はキャロットの様子を見る。元来ヒト型用のため、キャロットの小さな身体に負荷が掛かり過ぎないように調整していた。

セレンも注意深くキャロットの様子を見る。ピク、と両方の耳が震えるように跳ねた。

身体に対しては案外割合の大きい目がパチリと見開かれる。変わらない呂色の瞳。まだ何も映っていないのか、スキャニング中らしく動きは他にない。が、やがて機械のキャロットに表情が宿る。セレンと目が合った。ニ、と笑って突然後ろ足で立ち上がった。

「やっほー！　オレのお帰りだ！　待たせたなセレン！」

すぐに前足を着いて四つ足になる。

「いやー、マジコンゴー天才な！」

どうやら本当に元通りのキャロットらしい。セレンのことも金剛のことも覚えている。

「キャロット……」

「オッス。何泣いてんだよ。無事生き返っただろーが。金剛がいりゃー、この先何度死んでも生き返れんだろ」

「バカ！　もう二度と死ぬな！　命は大事にしろよ！　俺がどれだけ……」

「どれだけ？」

途中で言い淀んだセレンに、キャロットは素朴に訊く。

「……哀しんだと……」

「あー、ひでーカオしてんもんなー。テメーまた寝てねーだろ？　メシもどうせほとんど食ってねーだろーし。バカだなー、オレがそう簡単に――ぐぇ」

最後まで言わせずに、セレンはキャロットの元に駆けつけて抱きしめた。「バカバカバカ」と繰り返し、「もう絶対死ぬな」と呟く。

「死んだら普通は生き返らない。それはロボットでも同じだ。金剛がいなかったらお前は抜け殻のガラクタのままだったんだぞ？　簡単に死ぬとか言うな」

「へーへー。オレが自爆してから何かあったのかー？　ま、オレに痛覚なくて助かったわー。金

剛がぜってー元に戻すって約束したからよー、痛いのとか怖いのとかは失くしてもらったんだよなー。助かったー」

「お前が欲しがってた味覚、絶品のやつ付けてやったからな。マキナさんに食事を作ってもらってるから、一緒に食べれるぞ」

「マジか⁉　やったな！　サンキュー！　あ、コンゴーもありがとなっ」

「いやいや、悪かったな、いろいろ無理させちまって。無事で何よりだ」

「コンゴー天才だからなー。セレンも教えてもらっとけよ」

「やだ。今度お前が死んだら、もう土に埋めるからな」

「マジかよ。オレのパーツは土に還らねーだろ」

「今さら環境にうるさくしたってどうにもならないよ。嫌なら火葬してやる」

「どっちも嫌だね。じゃあオレはもう死なねー。どうせコンゴーに付けてもらった武装、全部なくしたんだろ？」

確かに、キャロットが自爆した時に集めた破片の中にはこれまでに自分が集めたガラクタでも、御跡切四葉のパーツでもないものがあった。金剛がキャロットを改造した時に追加したものだ。素材が不足した時のために回収はしたが、それを別パーツに流用して再利用はしたものの、武装機能は完全になくなっている。今のキャロットはただの白いツルツルで長い垂れ耳のネコ型ペットロボットでしかない。システムだけは相変わらず万能の。

「当たり前だ。お前は無茶ばっかりするから、味覚付けてやっただけでも十分感謝しろ」

「えー。まーいっか。マキナのごちそう、食いてーな」

「味覚はあるけど、消化器官はないから、食べても体内を通って排出されるからな」

「きったね！　見た目が悪いじゃねーか」

十二歳の時に一年未満でゼロから作り上げたペットロボットを、ほぼパーツの揃った状態から元の形に戻すのに二週間近くかかるのは長過ぎると思っていたら、どうやら味覚を感知するセンサを組み込むのに苦労していたらしい。

それもすべて、金剛ならキャロットを元に戻せるという根拠のない信頼が原動力だ。そうでなければ半日もあれば形にはできるだろうし、落ち込んで引きこもるには短過ぎる。水分だけは摂って生き延びていたのだから、哀しみのあまり自ら命を絶つとも思えなかった。

つまり、最初から金剛は信用されていたのだ。

「ははは、じゃあチビちゃんの椅子の下にはバケツがいるな。で、それは誰が食うんだ？」

「えええ⁉　俺は食わないよ⁈」

「それは哀しいなぁ。俺の嫁が哀しむだろうなぁ。せっかく作ってくれたのになぁ」

「ちょっとぉ、じゃあそれ、金剛が食べなよ。そもそも諸悪の根源は金剛だからね。責任取って」

「うわぁ、俺、墓穴か？」

「ハハッ、コンゴー、俺の残りメシだなっ」

わいわいと以前と変わらない様子で話していると、金剛の左手首のバングル型デバイスが震えた。

「おおっと、用意が整ったみたいだな。チビちゃんの残飯の件はちょっと保留しよう」

「面倒なことは後回しにする悪い大人だ」

「おいおい、辛口だな」

「コンゴーを食ったら辛いのか？　それともセレンか？」

「どっちも辛くないし、食べるもんじゃない」

ポフッ、とキャロットの頭頂部を押さえ、「行こう」と抱きかかえる。金剛も苦笑しながらドアを開け、リビングに向かった。


「うっめー！　〈美味い〉の意味わかんなかったけど、多分これが美味いってヤツだ！　マキナすげーな！　人間ってこんなモン食って生きてんのかよ。贅沢過ぎんだろー」

「美味いのはマキナさんが作ったからだよ。俺が漁って探して食ってた頃は、味なんかわかんなかったもん」

「そうなのかー。じゃあオレはラッキーだな。マキナの美味いメシが食えるロボットなんか、多分他にいないぞ」

「だろうね。ロボットに味覚付ける製作者もいないだろうし、オーダーする主人も欲しがるロボットもいないだろ」

　呆れたように言いながらも、久し振りの食事に興奮しているセレンはすぐに夢中になり静かになった。相変わらずの没頭ぶりである。

　結局キャロットが味わったものは一旦体内で保留され、後で取り出せる仕組みになっていたので、椅子の下にバケツを用意する必要はなかった。あのやり取りはセレンなりの金剛への意趣返しだろう。かわいいものだ。

「キャロットさん、味覚を付けてもらったのですね。味わってもらえて嬉しいです」

　マキナは素直に喜んで微笑み、自分が食べられないことなど些末なことであるかのように、自家製ドレッシングの美味しいサラダを取り分け、炊きたての米を盛り、煮物や炒めものを追加した。どれを口にしてもキャロットはうめーうめーと言い、マキナを喜ばせた。

「おいおい、俺は本当にチビちゃんの腹ン中からもらわねぇと食えないのか？　マキナ、できれば俺にもおかわりが欲しいんだが」

「どうぞあちらに。私はキャロットさんとセレンさんのお世話で忙しいので」

　ニッコリ微笑みながら毒を吐くマキナに、金剛は「仕方ないな」と自業自得を呪いながらおかわりを足しに行く。

　金剛もいい加減よく食べるが、セレンの食べるボリュームは想像を超える。が、マキナも慣れたのか、まだまだおかわりを要求されても十分な量のおかずがあり、それでも足りなかった場合には作り足せるように材料もあった。

「……母親みたいだな」

切った野菜がザルに入れてあったりする、やけに家庭的なキッチンを尻目に、金剛は小さく呟く。

「で、俺が父親、か」

立ち尽くして思い返してみる。

確かに金剛は姉と両親を喪い、親友だと思っていた御跡切四葉とも別離してしまい、精神的に不安定になったせいか、後天的に生殖機能が役に立たなくなった。が、両親の病院に保存するために自分の精子を提供した頃は当然若かったし、文句を言いながらも採取して渡した覚えがある。もちろん姉もだ。

姉の榛名は四葉に思いを寄せていたはずだった。何かしらそう匂わせる素振りはあったし、一緒に働いていた頃は仲も良かった。もちろん、恋愛関係にあるかどうかを確認したことはないし、四葉にその気がないのはわかっていた。

しかし、榛名の妊娠を知った時、相手が四葉以外にいるはずがないと確信したのも本当だ。榛名が行きずりで好きでもない男の子供を孕んだとしても、産むと言うはずがないし、そもそも彼女はそんなにガードの緩い女性ではない。

一つだけ可能性があるとすれば、人工授精だ。二人の体液の在り処は、榛名はもちろん、金剛だって知っていた。大切なものだから鍵の掛かった保管庫に入れてあったが、家族なので当然二人とも、その収納場所も鍵の隠し場所も知っている。

だから、榛名が金剛の精子を自分の体内に入れることは可能だった――。

「そんなバカな、な」

あり得ない想像をして、金剛はおかずと米をよそい、テーブルに戻る。

「そんでよー、結局どうなったんだ？　オレが自爆した後さー」

一番悪いタイミングで戻ったと、自分でも後悔したが遅い。キャロットは金剛をじっと見つめ、返答を待っている。

「ん？　ああ、お前さんの活躍のおかげで、一件落着だよ」

取り繕うように言って椅子に腰掛け、追加した米をかきこむ。

「あれって一件落着って言うの？　まぁ、最終的にはヨツバさんが大人だったけど」

「俺がガキだってのか？」

セレンが呆れたように言うので、金剛もつい返してしまった。そうなるとセレンの独壇場だ。

「金剛っていつも笑ってるし、マイナス思考しないし、悪いことも言わないから、どっかにストレス溜め込んでないのかなって思ってたら、〈自律機械《ドール》〉に負の感情を蓄えてたなんてね。あれ、俺もちょっと浴びたけど、ヨツバさんに効かないわけだよ」

「どうしてだ？」

人間相手なら多少は影響を及ぼすはずが、セレンにさえ効果がないと言われる。あの時のセレンはキャロットを喪い、自分自身が既に負の感情に支配されていたせいだと思ったが、それだけではないらしい。

「ヨッバさんも言ってたでしょ。金剛の憎しみや哀しみや痛みなんかの感情より、愛情の方が大きいんだよ。ヨッバさんに会えて良かったとか、俺を見つけて嬉しいとかさ。俺もいろんな人から悪意とか変な好奇心を向けられてたけど、ヨッバさんはそんなのとは比べられないくらいに、邪心や媚びや人間の汚い感情を浴びてる。普段から、しかも生まれてからずっと。オトギリさんの一族っていうだけで羨まれたり妬まれたりしたんでしょ。そんな人に、金剛の負の感情なんか、ホントに痛くも痒くもないと思うよ」

「お前さんまでそう思うのか。俺は甘いのかな」

「甘いっていうか、優し過ぎるんだよ。憎しみが愛情に包まれてて、痛みも哀しみも嫉妬も絶望も、全部優しさに覆われてる。悪意がなさ過ぎるんだ」

「そりゃ、俺がお人好しみたいじゃないか」

「まさかそうじゃないと思ってたの？」

一通り食事を平らげたセレンは、重そうな瞼を何とか意志の力で持ち上げつつ、初めて食器を扱うキャロットの飛び散らかした食材をつまみ上げてまとめている。やはりキャロットには甘く、誰もに対して世話焼き気質なのだろう。

「自分では極悪非道な人間だと思っていたんだがな」

「それ、極悪非道な人が聞いたら怒ると思うなぁ」

「そんなに甘いか？」

「甘い。虫歯になるくらい甘い。ホント、自覚ないから余計にタチが悪いよ」

目が座った状態でセレンが言うものだから、金剛は普段以上に怯んでしまう。

確かに自分には根本的に甘い部分があると知っている。その短所をどうにか克服したくて、若い頃に一時はあらゆる悪事を働いたりもした。それでも、やはり根が善人なのだろう。肝心の〈悪いこと〉というものがなかなか思い浮かばず、性格ももともと穏やかなせいで、他人を恨んだり憎んだりするのは得意ではなかった。

たとえ一方的になじられたりして嫌われても、きっと何かしら自分が気付かない落ち度があり、相手を怒らせてしまったのだと考えるのだ。金剛の持つ優しさは、あまりに慈悲深過ぎて罪なほどである。

「……結局は俺の強がりだったってことか。大人げないな」

「誤解が解けたんなら、もう誰も恨んだり憎んだりする必要ないよね」

「どういうことだ？」

「ヨツバさん、チャンネル開放しておくって言ってたでしょ。あれって、事実上の復縁希望ってことじゃないの？　向こうはいつでもウェルカムだから、金剛が落ち着いたらまた昔みたいにやろうよってことだって、俺は受け取ったけど」

「……」

確かに四葉は言った。チャンネルを開放しておく、と。古い時代の、遅れた技術のチャンネルであるがゆえに、却って誰かに見つかる危険性は極めて低い。通常は互いの外部デバイスで通信が可能だし、ホログラムを出せば対面しているかのように話すことさえできる時代になった。だからこそ、文字列しか送れないあの古いチャンネルは、過去の遺物でありながら、まだ有効に機能する。

「結局俺の独りよがりだったたってことか」

「そんなこともないいんじゃない？　俺のこと、ずっと見ててくれてたんでしょ？　教育ロボットのどれかに同調して、ずっと成長を見守ってくれてたんでしょ？　もしかしてあの日出会ったのは、偶然じゃなかった？」

以呂波の施設にロボットを寄贈して、〈彼女〉を経由してセレンの成長を遠くから見守ってきたのは事実だ。そのロボットはセレンが施設を出る頃に自爆するように設定してあるから、既にどこにもいないのだろうが。

「さすがにそこまで仕込んではいないさ。あれは本当に偶然だった。ただ、顔を見ればすぐにわかったから、つい手を差し伸べちまった」

「何さ、後悔してるみたいに言わないでよ」

「いや、余計なことをしたんじゃないかと思ってな」

「余計なことだと思ったら、怪しいオッサンの隠れ家までのこのこついていかないでしょ。ただでさえ無茶なお願いしたのに、あっさり叶えてくれるんだもん。こっちがびっくりだよ。知ってる人だってそんなこと引き受けないのに」

もちろん、セレン自身もその願いを言う相手は選んだつもりだ。短い時間のうちに瞬時に危機回避能力を発揮し、どこがどうとは具体的にはわからなくても、「この人は大丈夫」という安心感だけは得た。だから依頼した。そして結果としてそれは正解だった。

「お前さんもなかなか冷静に無茶をするよなぁ」

「最終的に結果オーライだったらいいの。間違えたら逃げるだけでしょ。脚だけは誰にも負けないし」

「それでもさすがにパトロール隊が大勢やってきたらヤバかっただろう。あの時出会ったのは確かに偶然だったが、きっと必然だったんだと思うな」

「だろうね。人間、生きてて無意味なことなんか一つもないんだよ」

さらりとセレンが言った。

「セレンがそう言うんだから、ぜってーそーだぜ、コンゴー」

詳細はまだ何も語ってはいないのに、何故かキャロットがセレンの言葉を後押しした。

「そりゃまたえらい信頼だな」

「だってコイツは嘘つかねーもん。少なくともオレにはぜってー嘘つかねー。オレの前で他人に嘘ついたりもしねーし、多分バカみたいに正直なんだ」

「バカは余計だよ」

食べ散らかしているキャロットの片耳を引っ張り、「うげ」と言わせてから撫で回す。

かつて存在した本物のペットのネコは、毛皮がフサフサしていて心地良かったらしいが、静止画ではそこまでわからなかったのだろう。白いツルツルのキャロットは、だがそれはそれで撫でると気持ち良さそうな気がした。夏しか季節の巡らない世界では尚さらだ。

「じゃあ俺も自分に正直になろうか」

「何だ、コンゴーは隠し事でもしてんのか？」

「ははは、隠し事というより、恥ずかしくて言えなかったことかな」

「ぎゃはは、コンゴーでも恥ずかしくなるのかー。マジか。ヒトは見た目によらないってやつだな！」

知っている言葉を使えて嬉しいのか、キャロットはややふんぞり返って言う。

その様子を見ていたマキナは、大方行方を察して目を閉じた。口の中で何かを呟くが、誰も見ていない。

「なぁセレン。お前さんさえ良かったら、今からでも家族にならないか？　まさか自分が父親だとは思わなかったが、お前さんの母親は確かに俺の姉だ。榛名という名前で、二歳上の」

「家族って俺よくわかんないんだけど、一緒に住んで食卓を囲んで、仲良くしゃべったり遊びに出掛けたりする間柄のことだろ？」

生まれながらに家族を知らないセレンは、そんなテンプレートに沿った家族像しか描けない。

やや申し訳ない気持ちになった金剛は、苦い顔で口唇を歪める。しかしセレンは続けた。

「でもそれってさ、今までと変わんなくない？　俺、ここに来てから楽しいし、マキナさんの料理は美味しくて嬉しいし、キャロットも喜んでるし、金剛とも仲いいじゃん。まぁ、外に出れないのはちょっと不満だけどさ」

「それはすぐに何とかしてやるさ。だいたい家族ってのはそういうもんだよ。困ったら助け合って、何があっても最後まで信じる。子供が独り立ちするって決めるまでは一緒に暮らすだろうし、自立して別に住むようになっても家族という絆はどんなに離れたって消えないもんさ」

「じゃあもうとっくに家族じゃん、俺たち」

きょとんとした金剛の斜め前で、キャロットも同じようにきょとんとした。そう言えば自爆後に出た話は記憶のバックアップにはないのだ。

「何？　セレンとコンゴーは家族だったのか？　オトーサンってやつか？」

「そうらしいよ」

「らしいんだな、これが」

まるで他人事のように言う父子に、キャロットはわけがわからないというようにマキナを見る。

微笑んだマキナはコクリと頷いた。

「そっかー。じゃあオレも家族か？　だってオレとセレンは家族だからな。ペットも家族だって、セレンが読んだアーカイブにも書いてたぞ」

「そうだな。ウチはペット可だからお前さんも家族だ」

「じゃあマキナがオカーサンってやつか？」

「……うーん、どうする？」

返答に窮した金剛は、そのままマキナに助言を求める。こんな時、何と答えるのが正しいのかがわからない。マキナに対して。あの日のすべてを見ていて、金剛の心の内も知っている〈嫁〉に対して、どう言えば良いのか。

「あら、私は金剛の〈嫁〉ですからねぇ。金剛の子供なら、私の子供と同義でしょう」

あっさりと、マキナは穏やかに言った。棘のない柔らかな声音で、金剛に対する嫌味もセレンとキャロットに対する気遣いも感じられない。それは本音だ。

「……ってことらしいんだが」

「いいんじゃない？　けど俺、悪いけど金剛のこと『お父さん』なんて絶対呼ばないからね。だってわかんないもん、『お父さん』が何なのか。だからこれまでと一緒でいいよね？」

「ああ、十分だ」

「ひゃっほー！　すげーな、セレン。突然家族ができたぞ！　もう淋しくないぞ！」

「最初から淋しくねぇよ！」

「うっそでー。テメーすぐオレを捕まえてくっついてくんじゃん。あれって淋しいからじゃねーの？」

「冷たくて気持ちいいからだよ！」

乱雑に食事を味わい終わったキャロットは、ぴょんと椅子から飛び降りてマキナの後ろに隠れる。セレンは悔しそうに睨んでから、ふぅ、とため息をついてまた両肘をテーブルに置き、手のひらの上に自分の顎を乗せた。

「ま、いろいろあったけど、いいんじゃないの？　俺は人間から生まれてここに存在する。その証拠はキャロットの中にあるし。俺の母親ってヒトが金剛のお姉さんなら、どっちにしても金剛は親戚の範囲内でしょ？〈お父さん〉も〈叔父さん〉もよくわかんないから、まとめちゃっていいんじゃない？」

「はっは、大雑把なところは榛名にそっくりだな」

「金剛も似たようなもんだと思うよ。それ許してるんだからさぁ」

ふわ……と欠伸をしつつも、何とかセレンは虚ろに目を開けている。

「まぁ幸いにして、オトギリさん家《ち》の子供じゃなくて良かったよ。次の世代を負わされたりしたら、たまったもんじゃないからねぇ」

「四葉は本気だろうがな」

「ああいうの、責任感強いっていうのと、自分の人生ないがしろにしてるっていうののの、どっちが正確なんだろうね？　どっちも正しそうだけど」

「けれどあいつにとってはあれが一番の正解なんだろうさ。自分の信じる道を行くことに関しては誰にも譲らないからな。たとえ自分の命と引換えだろうと、守りたいものは守る奴だ。それが俺の信じてきた御跡切四葉という男だよ」

「きっと心底人間が好きなんだろうね。自分で子供を授かれないのは哀しいかも知れないけど、赤の他人でもきっと人間が好きなんだ。俺、ちょっと酷いこと言っちゃったかな？」

「そうでもないさ。四葉もわかっていることだ。あいつはあいつで、どこまでも人間なんだろうな。自分でもわからないくらいに人間臭い」

金剛は遠い目をして四葉を思い出す。腰まで伸びた白髪は、同い年には見えないほどの苦労の痕跡なのだろう。結局どうやって生き延びるのかは正確なところは訊き損ねたが、ほとんど機械化して常人離れした生命力を手に入れたか、その手段を見つけているに違いない。ならばもう、誰にも彼を止められはしないだろう。

「たまには会いに行きなね。俺は、もういいけど、金剛は友だち以上だったんでしょ？」

「誤解を招く言い方はやめろって。ただあいつが不器用なだけだ。家の名前があるせいで、誰もが距離を置いてしまう。俺はブランドには興味がないから、平気で四葉を呼び捨てにしてコケにしたりもしたがな。まさかそんなささやかなことに喜んでくれていたなんて、考えもしなかったよ。幸せ者なんだな、俺は」

「金剛は幸せ者だよ。優しいお姉さんがいて、慕ってくれる友だちがいて、キレイな奥さんがいて、こーんなに可愛い息子がいんだぜ。世界一幸せだな」

「その息子くんは幸せだろうか？」

「幸せに決まってんでしょーが。優しくて天才でバカな父親なんて、なかなか持てないと思うよ」

ふふっ、と小さくセレンは自分の言葉に笑う。

「そっか、俺って幸せだったんだ……」

ゴッ、と額をテーブルに打ち付けて、またもやセレンは熟睡モードに入ってしまった。

「あーあ。凝りねーなー」

キャロットが呆れたようにマキナの前に出てきてセレンを見遣る。

「はは、付き合わせて悪かったなぁ」

「もしかしてコイツ、寝てないのか？」

「わからん。何しろ十日間もこもりきりだったからな。何も食べてないし、水分だけで生きてたよ。まさか十日間寝てないわけはないだろうが、目の下のクマから見るに、最低限の仮眠程度しか取れてないのかも知れん。悪いことをしたな」

「コンゴーは悪くねーよ。オレが頼んだんだしよー。ちゃんとセレンが寝るように見張ってっから、また部屋に運んでくんねーか？」

「承知した」

糸の切れた人形のように眠り込んでいるセレンは、金剛に軽々と持ち上げられ「やっぱり軽くなってるな」と確認される。キャロットは充てがわれた部屋に駆けて行き、初めてここに来た日のように厚手の布を敷く手伝いをしようとして驚いた。

部屋に、横になるスペースがない。

もともとガラクタ集めが趣味のようなセレンだったので、以前住んでいた部屋も最低限自分たちが収まれる程度のスペースしか空きがなかったが、ガラクタを散らかし、初めからあったものまであちこちに散乱させたような部屋は、きっとキャロットを喪った哀しみで八つ当たりをした名残なのだろう。

それを初めて目の当たりにした金剛は、胸を鷲掴みにされたような痛みを覚えた。

「……悪かったな、本当に」

「コンゴー？」

「ゆっくりさせてやってくれ。夕方になったらメシを運んでやるから、いろいろ話して聞かせてもらうといい。俺から話すよりいいだろうしな」

「わかった。何かいろいろあったんだろうけどよー、コンゴーは悪くねーからあんま自分責めんなよな。何かセレンとコンゴーって似てっからさー、ほっといたら何すっかわかんねーんだよ」

「何だ、心配してくれるのか？」

「そりゃそうだろ。セレンのこともオレのことも良くしてくれてんのに、コンゴーに恩がねーわけねーじゃん。あのさー、オレはコンゴーのおかげで復活できたけど、コンゴーは人間だから、一回しか死ねないんだぞ。だからもっと自分のこと大事にしろよなー」

「！」

どこかで聞いたセリフだったので、思わず金剛はまじまじとキャロットを見た。

「ンだよ？」

「いや、お前さんもセレンに似てるなと思って」

「しょーがねーじゃん。セレンとしか関わってこなかったんだしよー。一緒にいたら多分似るんだよ。コンゴーとセレンは一緒にいなかったけど、きっと〈オトーサン〉だから似てんだよ」

「そうかそうか。血は水よりも濃いってことだな」

「何かわかんねーけど、多分そうなんだよ。だからコンゴーもちゃんと寝ろよ。オレ知ってるぞ。コンゴーはほとんど熟睡しないって。若くねーんだから無理すんなよな」

恥ずかしくなったのか、途中から斜め上の方向を見ながら言う。そして足元に転がるガラクタや家具を蹴って何とかセレンが丸まれる程度のスペースを作った。金剛がそっとセレンを寝かせる。

「なぁコンゴー」

立ち去ろうとした金剛に、キャロットは疑問を投げかける。

「アレ、返事は何だったんだ？　『月がキレイですね』ってやつ」

自爆の間際に自分が言った言葉の返事を、その耳では聞けなかった。そもそも、「月がキレイ」に何を返すというのだろうか。

「ああ、あれな。正解は『死んでもいいです』なんだよ。だけど、今にも自爆するお前さんにそんなことは言えないだろう？　セレンが泣いてたよ」

「うわ、死ねって言われんのも辛いな」

「いや、それは言われた方が『私はあなたと一緒になら死んでもいいです』って意味の受け入れの言葉なんだが、あの時は状況が状況だっただけに、セレンには何も言えなかっただろうな」

「あー、そっかー。俺が死んでもいいみたいに聞こえるもんなー」

「しかしそんな古典的な伝説話、よく知ってたな」

「アイツ暇だから、しょっちゅう昔の無料のアーカイブ読んでるもん。バカだけど、必要な知識はたいてい古い書物とかから持って来てるぜ。コンゴーみたいだなっ」

「……はは、血は争えないもんだな」

「争うなよー。もうコンゴーは何も心配することも困ることも責めることもねーんだからよー。ゆっくりやってこーぜー。もう家族なんだろ？」

「ああ、そうだな。もちろんお前さんもだぞ」

「あったりまえじゃん。オレはセレンの家族だから、セレンの家族はオレの家族だ。だからコンゴーもマキナもな。すっげー、超家族増えんじゃん」

嬉しそうに言うキャロットは、両方の耳を器用にちぐはぐに動かす。呂色の瞳よりも、ぶっきらぼうな言葉よりも、耳の動きが一番正直なようだった。

「まぁそういうこった。よろしくな。お前さんもゆっくりしろよ。何しろまだ〈生まれたて〉だからな」

「へへーん。オレは不老不死ってヤツだから大丈夫だ。任せとけ」

「心強いな」

そう言い残し、金剛は今度は本当に部屋を出た。

「……ヒトは一度しか死なない、か……どこで覚えたんだか」


家族になる、と言ったところで、これまでと何が変わるわけでもない。ただ、ここで一緒に生きていくと決めたからには、外出用の疑似パーソナルタグを金剛に作ってもらい、キャロットの復旧のために自ら分解してパーツ取りをした外部デバイスも併せて作る必要があった。

セレンは外部デバイスにできることはキャロットに内蔵したから、手錠のようなバングルは不要だとゴネたが、少なくとも人間として外出するなら外部デバイスの装着は必須だ。パーソナルタグは流動しないように機械の脚に固定し、隠れ家に戻る時には必ず外すことを肝に銘じるように強く言い聞かされた。

そして久し振りに本物の焼けるような太陽の下を少し歩く。もちろんキャロットを抱えて。

「なーセレン。後ろの気配、気付いてっか？」

「うん。ずっと一定の距離で着いて来てるな」

「逃げるか？」

「いや、下手に気付いたことがバレない方がいい。けど誰だ？　俺はもう以呂波セレンじゃないタグだし、追われる覚えはないつもりなんだけど」

「オレ、ただのモノに見えてるよな？」

「一応そのはずだけど」

靴紐が解けたふりをして、セレンは立ち止まって道の脇に屈んだ。キャロットを動きやすい位置に配置する。すると薄く目を開けて背後を見たキャロットが、「あ」と小さく言った。

「オッサンだ」

「は？」

危機感のない声に、セレンも屈んだ姿勢のまま振り返る。そこには長い白髪を結った細い目の長身の男がいた。

御跡切四葉だ。

キャロットには目が覚めた後、ことの顛末を話したので、もう四葉を見て警戒することはなかったようだ。

「いやぁ、さすがに危機管理意識が高いね。ずっと気付かれていたんだろう？」

日避《ひよ》けのためか、つばの長い帽子をかぶり、黒いスラックスにスタンドカラーの長袖シャツを着て、白衣ではなかった。しかし、その容姿や独特の雰囲気ですぐにわかる。

「……何か？」

セレンは敵意がないことを確認し、立ち上がって向き合った。

「たまたま見かけたのでね。私ももうこの先太陽の下を歩くことはなくなりそうだから、散歩中だったんだよ。きみに会えて良かった」

「用事でも？」

「特にはないよ。ただ……そうだね、きっと以呂波なら教えられなかったのだろうが、きみの母君——望月金剛の姉君の埋葬先がわかれば、と思ったのだが」

「あー、ごめん。それ、俺も教えられてないんだよな。でも金剛なら知ってると思うよ。俺が訊かないから言わないけど、最期を看取ったって言ってたから」

「……そうか。一人で亡くなったわけではなかったのだな。それなら構わない。ありがとう。最後にきみに出会えて良かったよ」

口唇だけで微笑んで、四葉は背を向けて歩き出す。少し考えたが、セレンがキャロットを見ると同じ考えの顔をして目が合ったので、慌てて追い掛けた。

「あの、ヨッバさん」

俊足で隣に並ばれても、驚く様子もなく四葉は顔を向ける。

「どうしたのかな?」

「ホントに、ロボットになるんですか?」

「さぁ、どうだろう。これは初めての試みなので、うまくいってもどうなるかはわからない。ただ、誰がどう定義するかだ。言っただろう? きみたち人類が潰えるまで見守ると」

「何でヨッバさんがそこまでするんですか? 糸杉のじーさんはすごかったけど、別に誰も悪くないんじゃないですか? むしろ社会的に貢献して、ロボット先進国になったし、人類も肉体の機械化で生き延びてる。ヨッバさんが犠牲になる理由なんか、よく考えたらどこにもない」

「聡明な子だね。しかし私が決めたのだよ。ロボット先進国にしてしまった一族の末裔に、人間の子孫を繁殖させる機能がないというのは、因縁が深いと思わなかいかい? ロボットを作ったのは間違いだとは言わないが、少々やり過ぎたようだ。地球が太陽に引かれるのを止められない以上、人類に生き残る術はない。そして、ヒトには恐怖心がある。もちろん私にだってあるよ。だから、不要なものは捨てるに限るわけさ」

風も吹かないのに、四葉の長い白髪が意志を持つように揺れた。

「私は昔、金剛に神になると言ったことがあってね」

金剛から聞かされていたセレンは、黙って頷いた。

「神になることは目的ではなかったのだが、神の所業を行うには神になる必要があった。ただ、今はもう神も仏もないいんだ。敢えて言うなら、悪魔か宇宙人だろうね」

「それに、なる？」

「なれればいいと思っているよ。そうすれば罪悪感も消えるだろうし、思い残すこともない。ただ、悪魔や宇宙人になるのは、神になるよりずっと難しい」

うまく砕いて言い直せないが、セレンにも理解はできた。

「俺に止められる名案もないし、ヨツバさんをどうにかしてあげることはできないけど。金剛が、哀しむよ」

「そうだと嬉しいね。とは言え、私は昔からいつも、彼を苦しませてばかりなのだが」

「でも、きっと金剛はヨツバさんのことで苦しむのは嫌じゃないと思う。多分ヨツバさんが一人で死ななくてもいい方法を金剛も絶対考えてると思うし、また会いに行くと思う。だから、その時にヨツバさんが金剛と話もできないようなモノになってたら……きっと辛いよ」

そんな目ができたのかと驚かされるほどに、四葉は慈しむような瞳でセレンを見た。

「きみはご両親によく似ている。やはり私の子にならなくて正解だな。私にはきみをうまく扱えずに、壊してしまうだけだ。穢《けが》してしまうかも知れない」

「ヨツバさん……」

自虐的に言う四葉に、セレンは返す言葉がない。もともと知らない相手だ。結局父親でもなかったし、一番近い間柄で表現しても〈望月金剛の友人〉でしかない。金剛のことは、もうちょっと考えてあげて欲しいな」

「俺、ヨツバさんに何も言えた義理じゃないけどさ。金剛のことは、もうちょっと考えてあげて欲しいな」

「……優しいんだな、きみは。誰にでもそうなのか？」

「誰にでもじゃないよ。俺が優しくしたい人にだけ。それが人間でもロボットでも関係ない。だから見返りは何も求めてないよ。ただ、俺は金剛が好きだし、ヨツバさんの哀しい気持ちもちょっとわかっちゃったから、簡単に諦めて欲しくないだけ」

「そうか。ありがとう。もし金剛に名案が浮かべば教えてくれるように言っておいてくれ。私が一つの物事しか見えなくなった時、暴走を止めてくれるのはいつも彼だけだった。不思議な男だよ」

「それはきっと、金剛にとってヨツバさんが特別だからだよ。ヨツバさんの背負う荷物が重そうに見えたからだよ。誰だって自分の背負ってる荷物なんか見えないんだ。背負えるだけ背負って、きっと大丈夫って思ってるだけで、みんな限界まで受け入れちゃうんだよ。俺にはヨツバさんの方が、もっともっと大きなものを背負ってるように見える」

四葉はふとセレンから目を逸らし、太陽光の照りつける外の世界を眩しそうに見た。

最低限の布地を身に着け、早く帰りたそうにせかせかと歩いているのは人間。長い丈の衣服を着た男女の成人はロボットだろう。主人からの言いつけで外出の要件を代行しているに違いない。

「――せめて人類から恐怖心を取り除けると良いのだけれどね」

太陽に引かれて熱せられ続ける地球。肉体の機械化でしのいではいても、この先気温の上昇がさらに続けば、どこまで延命できるかはわからない。資源も枯渇しつつあるし、技術力だけでは人類を救うのは不可能に近い。それでも、完全に不可能だとは、セレンは思いたくなかった。

四葉のように、自身の人生や命を懸けてまで、守ろうとしている人間がいる限り。

「そうすれば、人間は人間のままで生涯をまっとうできる」

「……そうだね。せめて、俺はヨッバさんには人間でいてほしい。また金剛に会って、昔話でもしてみなよ。今日明日に地球が滅ぶわけじゃなし、死に急ぐ必要はないでしょ」

「そうだね。少し考えてみるよ。――さぁ、おしゃべりはこの辺でおしまいだ。きみの帰りが遅いと、心配する人間がいるだろう」

「ありがと。けどさ、俺の言ったこと、覚えててね。ヒトは一度死んだら、そこで人生終わっちゃうんだからさ」

「肝に銘じておくよ。それじゃあ気を付けて」

哀しい微笑みを浮かべて、セレンを拒絶するように立ち去っていく四葉を、もう追うことはできなかった。

「……アイツ、大丈夫かな」

おとなしく丸まっていたキャロットが呟く。

「大丈夫だよ。きっと、金剛のお姉さんのお墓参りをしてすべてに片を付けようと思ったんだろうけど、それは叶わないしね」

「何でアイツ、あんなに淋しい淋しいって匂わせてるくせに、強がってんだろーな」

「大人だから甘えられないんじゃない？　俺にもわかんないよ。ガキだからさ」

長い白髪の長身がロボットの通行人の中に消えていくまで、セレンはその背中を見つめ続けた。

×××

「きっとあなたに会うのはこれで最後になると思います。私の願いを聞いてくれませんか？」

「姉君の願いとはまた、難しそうですね」

「私だけではどうしてもできなくて。医療の分野は得意なのだけれど、やっぱりロボット工学は難しいわ」

「俺にできることなら、何なりと」

「ありがとう。けれどこれは、絶対に誰にも言わないでね。特に、弟にだけは、決して」

「あなたはいつもそうやって、秘密を一人で抱え込んでいるのですね。けれどまぁ、俺が協力すればこれで共犯だ。もう一人で苦しむ必要はありません」

「うふふ、そうね、あなたはいつもそうやって私を助けてくれるものね。本当に、あなたを本気で愛せたら幸せだったのに……」

「俺は今でも十分に幸せですよ。あなたは自分の本当の気持ちを曲げる必要はありません。俺だって、姉君を恋愛対象として見たりはできませんから」

「なら、お互い様ね」

「そういうことです。さぁ、最後の共犯作業をお聞きしましょうか。あいつがあっと驚くような仕掛けをしましょう。永遠に、俺と姉君だけの秘密です」

エピローグ
～遺志を継ぐもの～

ヒトは一度しか
死ねないのだから

まず初めにお伝えしておかなければなりません。

このデータを見るまでに辿り着けたということは、あなたはきっと間違いなくロボットなのだと思うのだけれど、万一技術の向上や私の不手際で、人間にもロックが解除されてしまったとしたら、この先はどうぞ読まずに消去してください。きっと、あなたが辛いと思うから。ロボットと違って、部分的な記憶の消去なんて、まだできないのでしょう？

身勝手な言い分で申し訳ないけれど、それでも好奇心が勝るというのなら、自己責任でお願いします。


さて、妙な前置きをしてしまったけれど、私の義眼を移植されたどこかの誰かさん。初めまして、でいいのかしら？　もちろん私の義眼があなたにあるということは、私はこの世にいないので、この先も出会うことはないのだけれど。仮にあなたが人間だったとしても、もしかすると私の記憶の断片は見てしまったかも知れません。不快だったらごめんなさい。けれど、私にはこれしか手段がなかったの。

――きょうだいは結婚できないって先生が言ってた。

そんな幼い弟の稚拙な言葉が、私の楔《くさび》になってしまった。ずっと抱えていたこの想いは誰にも言えない。誰にも伝えずに、私が持っておく。そう決めました。

けれど、どこかの誰かさん。

あなたには私の記憶がいくつも見えたでしょう。私は弟のように天才ではないし、あなたがもしもロボットなら――弟の作ったロボットならば、簡単に読み解いてしまうでしょうね。もしもそれで困らせてしまったなら、本当にごめんなさい。あなたを苦しめるつもりはないのだけれど、私の最大のエゴと知りながらもどうしてもこの気持ちを残さずにはいられなかったの。

誰にも言えないことほど、誰かに聞いてほしくなるものね。だから現実には誰にも知られないまま燃やされてなくなってしまうかも知れない義眼に、私はすべてを懸けます。

祈るなら、私は姉だから、やっぱり男の神様より女神様に祈りたいかな。どうか、デア・エクス・マキナが弟を救ってくれますように、って。

どこかの誰かさん。あなたは私の記憶をどれくらい見れたのかしら？　弟は天才だけれど、姉の私は普通よりちょっとすごい程度だったから、まだ技術的にヌケや雑な部分が多かったかも知れません。なるべくなら素敵な記憶だけを残したいけれど、そこまでは人間の私にはできなくて。あなたを不快にさせる意図はないということだけは理解してもらえると嬉しいわ。

それにしても、よくこのシークレットコードを解除できたものね。弟や私の産んだあの子を見知らぬ人なら、決してわからないはずのパスコードを入力できたということは、きっとあなたはあの子に会えたロボットなのでしょう。私がほんの数時間しか抱いてあげられなかった愛する我が子に。

あなたがここに辿り着くまでに見た記憶の中には、私の妊娠や出産の記憶はなかったはずです。

私に不手際がなければの話だけれど、それはそれは頑張ったもの。失敗していたら哀しくて、あなたが意図しなくても私の義眼が泣いてしまうかも知れないわ。うふふ。

　もちろんその経緯を消したのは故意です。あの子を知らないなら、誰にも展開できないデータ域を作るのは、さすがに天才の姉である凡人に毛が生えたような私には難しかった。だから、世紀の大天才様にご助力をお願いしたのだけれど、もしかするとどこかの誰かさんはもう、その人のことも知っているのかしら？

　私が義眼になったのは、確か十歳くらいの時だったけれど、それ以前の記憶も流れてきているかも知れません。私が手を加えられるようになるまでは、普通にヒトの目の役割を担うだけの義眼でしかなかったのだけれど、一応脳との接続は最低限はしてもらっていたから。もっとも、義眼でないヒトよりはずっと少ない接続なのだけれどね。見たものを記憶するくらいはできないと困るから、最低限のことは普通にできていたと思うわ。

　どこかの誰かさん。私があなたをロボットだと思うのは、義眼といえども私の身体の一部を、弟が他人に与えるはずがないと思ったからよ。いいえ、信じていた。もしくは私がそう望んでいたというだけかも知れないけれど。健康な人間にわざわざ異物を混入させるような真似は嫌う人だから、万一の心変わりや何らかの手違いで、私の義眼が弟も知らない誰かの元に行ってしまっていないことを願います。

　それくらいなら、まだ箱にでも入れてどこかに仕舞っておいてくれた方がいいし、何なら燃やしてくれた方がマシだもの。

もちろん、それが正解かどうかは私には永遠に知ることはできないでしょう。ただ愛する弟を信じて、あなたはロボットだという前提でお話をさせてもらうわね。

もういろいろと、見たくないものや意味のわからないものを見せられて困惑していたかも知れないけれど、ここまで展開できたあなただもの、大丈夫よね。

改めまして、自己紹介。私は望月榛名、天才ロボット工学者の望月金剛の二歳上の姉です。きっと、あなたは金剛がそばに置いているのでしょう？

そしてこのシークレットコードの鍵になった私の愛する息子、セレン。名字は変わっているのかしら？　どこかの誰かさんは、大きくなったあの子と出会ったのでしょうね。どんなふうに育ったのかを見れないのは残念だけれど、それはあなたを通して私の義眼が知っていると考えることで満足しておきます。自ら命を手放しておいて、あの子に会えないことを嘆くのはお門違いだものね。

あなたはきっとロボットだから、何度間違えてもロックしないパスコードを解除して事実を知ることになるけれど、弟と我が子はもう答えに辿り着いているのかしら？　それとも、彼らが困っているのを見たあなたがコードの解除に本気になったの？

私は弟が自分で答えに辿り着く方に懸けたいけれど、あなたにはお話ししておきます。迷惑かも知れないけれど、最後に救済措置は用意してあるので良かったら付き合って読み進めてくれると嬉しいのだけれど。もちろん強要はしません。その気がないならスキップで飛ばして最後のコマンドまで進んでください。この先は、途中にスキップできるセンテンスはないから、よく考えてね。

簡潔に言うと、セレンは御跡切四葉さんの息子ではありません。産んだのは私だから、当然母親は私だけれど、遺伝子的な父親は望月金剛――私の弟です。

うちの両親が医学者であったことは知っているかしら？　生殖医療の分野ではそこそこ貢献していたから、わりと立派だったのよ。もちろん、御跡切一族を知っていれば、それ以外の学者なんて凡人なのでしょうけれどね。

私は実の姉であるにも関わらず、幼い頃から本気で弟を愛していたの。いつからかはわからないわ。気がつけばもう、姉弟の「好き」という感情を遥かに超えてしまっていたのだもの。けれど、あの子は学校で聞いたみたい。きょうだいは結婚できないなんて夢のないことを教えた先生とやらを、私は本気で恨みます。

私は弟をそれ以上好きにならないように、他の人を愛するふりをした。弟が一番仲の良かった相手が御跡切四葉さんだなんて知った時には、この人しかいないと思ったわ。だって、誰だってあの人に憧れるでしょうし、本当にとても優しくて素晴らしい人だったのだもの。

本気で愛せるなら、それでいいと思っていたわ。だから私は弟の前でも四葉さんに気がある素振りをしたし、多分弟は本気で私が四葉さんを好きだと思っていたはずです。そうでなければ、私は自分を抑えられなかった。最愛の弟を壊してしまうかも知れない、二人でヒトの道を踏み外してしまうかも知れない——そう思いました。

間違えるのは私だけでいい。壊れるのは私だけでいいというのは、私の勝手な自己満足なのだと思います。

けれど、四葉さんは本当にどこか危うげで、だからこそ弟も彼を支え、救いたかったのかも知れないと私は思ったの。だから、私が四葉さんを愛していると勘違いしていてくれれば、きっと何とかしてくれる……そんな他力本願な期待もあったかも知れません。

私がセレンを授かったのは、試験管の中で。私の卵子に弟の精子を混ぜたの。そしてそれを自分の子宮に戻した。ただ、運が悪かったのは、両親を危険なラボに立ち入らせてしまったことです。厳重に管理していた娘と息子の体液だもの、両親だって気になるはずよね。けれど、私はその時、自分のことしか考えられていなかった。だから、万一私の施術中に誰かが侵入したら、警報が鳴って時間稼ぎができるトラップを仕掛けておいたの。

弟がトラップ作りが好きだったから、その見よう見真似で作った私の稚拙な仕掛けのせいで、両親は命を落とすことになりました。これが、私の最も大きな罪です。自分の命一つでは到底償えるはずもないのだけれど。

私は弟から大切な両親を奪ってしまった。たとえ成人していても、うちは仲の良い家族だったから、あんなにまっすぐな子に育ったのに。私が、自分のエゴのために犠牲にしてしまった。それは事故として片付けられたけれど、この罪は本当は何よりも重いの。

私の妊娠を、結局しばらく経ってから弟は知りました。きっと、相手は四葉さんだと信じて疑わなかったでしょう。そのせいか、相手が誰だとも、何も、訊かれなかったことが哀しくて、私は一人で泣きました。これは、どこかの誰かさんも記憶を見たかしら？

けれど、弟に私の妊娠がバレたことは、結果的に良かったの。一人で産んで以呂波の施設に預けて、手紙でさようならを言わずに済んだのだもの。それは私の人生最大の不幸中の幸いだったのかも知れません。

妊娠中、四葉さんが人類の上の存在――神になろうとしていると弟から聞いた時、私はそう驚かなかった。弟が日常会話と同じように話して驚いていなかったせいかも知れないけれど、きっとあの人ならいずれ自壊していくと感じていたのは姉弟で同じだったのでしょう。弟は、友人としてそれを止めると言った。私も何か手伝いたかったけれど、一般人に毛が生えた程度の「ちょっとすごい人」に、天才同士の諍いを止める力はなかった。

多分弟は、私の妊娠と衰弱、精神的に不安定になっていたことや、両親の死が重なってしまって、冷静な判断ができなくなったのかも知れません。すべては私のせいかも知れないなんて言うのはおこがましいけれど、少しは影響したかも知れないわ。だから私に何もできないことはとても哀しかった。

きっかけが何だったのかは、私が知る由もないけれど、弟と四葉さんは完全に別離したようです。四葉さんに私の妊娠がバレなかったのは助かったけれど、結局誰にも何もしてあげられないまま、無力な私は死を選びました。愛する我が子を、愛する弟に託して。

心残りがあるとすれば、弟に告げられなかった心底伝えたい言葉があったことと、可愛い我が子の成長を見守れないことでしょうか。私の不可解な自死に、弟は理由もわからずに為すすべなく途方に暮れたかも知れません。

本当は手紙を残すことも考えたし、実際に長い手紙を書きました。けれど、結局私はそれを燃やしてしまった。残るもので伝えてしまったら、それを見るたびに哀しませてしまうことはわかっていたから。後悔ばかりの人生にして欲しくないものね。

どこかの誰かさん、あなたにとっては本当にとんだとばっちりだとは思うのだけれど、私は最後の手段として自分の義眼にメッセージを刻むことに懸けました。きっとあなたは弟の一番近くにいて、ずっと彼をこの目で見てきたのでしょう？　そして、愛する我が子セレンにも出会えたからこそ、このデータを見ることができているのだから、少しくらいは理解してくれると信じます。

これは、私の告白と懺悔です。幼い頃からずっと心から愛していたのは実の弟の金剛で、どこで何が起きてもその気持ちが揺らぐことはなかった。もしかすると、弟は優しいから、ずっと知らないふりをし続けてくれていたのかも知れません。でも彼はそういうのに鈍感だから、全然気付かれていないかも知れません。ふふ、おかしな両極端ね。冗談でも一度くらい、「愛してるわ」

なんて言いたかった。たとえ実の弟であろうとも、結婚できないのだと言われようとも、金剛、あなたに。

セレンには生まれた時にもう言ってあるのよ。もちろん、本人が覚えているはずはないけれど、あの子は小さな手のひらと指で、ぎゅっと私の小指を力強く握り返してくれたから、私はそれを胸に刻んで死ぬことにしました。いつかもう一度、何かの偶然でいいから、弟と再会してくれることを願って、小さなあの子を抱きしめて祈ったの。

さぁ、どこかの誰かさん。何だかまとまらない話でごめんなさい。時間がなくて、最低限の情報しか残せないみたい。もしもここまで付き合ってくれたのなら、本当にどうもありがとう。最後にあなたに選択肢を差し上げます。

次の画面で私の記憶を封じるコードを選べば、あなたはこれまでに見た私の記憶ごと、もちろんこのシークレットコードも含めて消去できます。もちろん、あなたがロボットであることが前提ではあるけれど、これは実は何も言わずに四葉さんに手伝ってもらったから、失敗はしないはず。最後まで何も訊かずにいてくれた四葉さんに感謝しています。本当にあの人を愛せたなら、どんなに良かったかしら。それでも私は弟が最愛の人だなんて、笑っちゃうでしょう?

私の命を懸けたたった一つの願いごとくらい、少しズルをしても許してもらえないかなぁ?

敬愛するデア・エクス・マキナ。あなたがもし金剛を愛したとしても、それは私の記憶とは無関係でしょう。私はセレンを産む前までの記憶しか残していないはずだし、あなたのものになった私の義眼は、装着された時点でもうあなたのものだもの。私が干渉できる術はありません。

だからもしあなたが、私の弟を愛してくれているのなら、それはあなたの感情ということよ。私は嫉妬なんてしないわ。だってもう、この世にいないのだもの。むしろどこかの誰かさんに「後はよろしく」って言いたいくらい。

だからあなたは何も否定しないで、あなたの気持ちのままに生きてください。


——Live as you wish.（思うままに生きろ）

たとえロボットであっても、生きている限りそのヒトらしく生きていく権利はあると思っています。だから自分を否定しないで生きて。そしてこれまでありがとう。不快な思いをさせたことはどんなに謝っても償えないけれど、そのための消去の選択肢です。あなたの築いてきた大切な他の思い出にはまったく干渉しないから安心してください。

最後のコードを選べば、もうあなたはあなたです。私の記憶に縛られないで、自由に生きてください。私はきっと、あなたに会えたとしたらきっと好きになる自信があるわ。愛する弟の一番近くに、あなたがいてくれたなら本当に良かったと思います。

どうぞ命を大切にしてください。ロボットだって、生きているのだもの。ヒトのためにならない世界なら、そこはヒトの世界でなくてもいいのだから。

そして、ロボットだって本当に死ねるのは一度きりなのね。たとえ替えのパーツや記憶のバックアップがあっても、それは同じあなただと言えるのかしら？　私の義眼の記憶を見たあなたが、私ではないのと同じように。

どこかの誰かさん。一度きりの人生を、この先どうか有意義に過ごせるように祈ります。


——It's up to you.（すべてはあなた次第）

ありがとう、さようなら。

最愛の弟・望月金剛と、愛する我が子セレンへ、この上ない想いを込めて。

彼らの女神になり損なった憐れな姉で母・望月榛名より。

追伸：このメッセージは誰にも伝えないでくれてもいいし、暴露してくれても構いません。どこかの誰かさん、あなたにすべてお任せします。願わくば、誰にも言わないままデータ消去のコードを選んで欲しいのだけれど。

×××

壁にもたれて顔を天井に向けて目を閉じていたマキナは、溜め息とともに目を開いた。

「……目は口ほどにものを言う、という言葉は知っていましたが、目が口のようにものを言うとは知りませんでしたよ、榛名」

小さく呟いて再び目を閉じる。そこには「Delete or Cancel」の文字が見える。

「私は消去などしませんよ。その代わり、あなたのことはこの先も誰にも話しません。これでおあいこでしょう？」

何故、あなたは――マキナはやや口唇を噛む。

自らの姿をこの目に宿しておいてくれなかったのですか――？

そう、強く思った。記憶の中に出てくるのは、彼女の声と他の登場人物だけだ。自分の目で自分を見ることは不可能だが、太古の昔から鏡という便利なものがあるというのに。きっと、彼女はわざと消したのだろう。

――だってフェアじゃないでしょう？

聞こえたのはきっと幻聴だろう。マキナは金剛の手掛けた傑作だ。誰にもまだロボットだと見抜かれたことはないいし、あのセレンですら気付かなかった。ならばきっと限りなく人間に近いのだ。幻聴だって聞こえるのだろう。これまでも多くの記憶をこの義眼を通して見てきたのだから、その人の声が都合良く聞こえても不思議ではない。だから気にせずマキナは言い返す。

「フェア、ですか。きょうだい揃って律儀なものですね。まぁそれくらいは構いませんよ。この先はどうあっても私の方が有利になっていくのですから」

少し意地悪な声になったような気が、自分でもした。金剛に毒を吐く時とはまた違った、気を許した同性の友人を皮肉るような言い方。そんな経験も相手も、一度も持ったことはないのに。

きっと、彼女はあの人とあの子に似ているのだろう。そして、きっと自分は似せられずに作られているはずだ。それは彼にとっての罪だから。それでもどこかに、知らず面影を残しているのかも知れないが。

ならば想像で補える。子犬のような黒目だとか、はにかみながらも思ったことをハッキリ言ってしまうところだとか、素直になれずに一人で重荷を背負うところだとか。

そしてマキナにある、柔らかく温かい膝枕の感触だとか、髪を撫でる細い指先だとか。

「あの人、今でもまだ私の膝枕でなければ熟眠できないのですよ。そして決まって涙で濡らすのです。一人にしないで、と」

無意識にしがみついてくる両腕は、見た目に反して想像もできないほどに弱々しく。だからこそ、無碍に離せない。

「私はあなたではないのに。――いえ、私があなたではないから、でしょうか？」

もう幻聴は聞こえない。マキナは静かに「Cancel」を弾き、「Really sure?」と再びポップアップした画面の「ＯＫ」を意志の力で押す。すると視界は元通りクリアになり、しかし何の記憶が消えるでもなかった。

「――本当に消さないなんて、私も甘いのでしょうね。揃いも揃ってお人好しです。まったく、これがきょうだいというものなのでしょうか。血縁とは恐ろしいものですね。セレンさんも同じように育っていれば、大変なことでしたよ。以呂波に預けて正解です」

普段は片側に緩くまとめている髪を解き、何となく髪を切ってみるのはどうだろうかと考えた。深い根拠などないが、榛名は髪が長かったのではないかと思ったのだ。

「好きにしろ、といつも言われていますしね。髪を切ったくらいで怒るなら、また食事を抜きにしてあげましょう。ふふ、榛名、私、楽しかったですよ。あなたの想い出を垣間見ることは」

気まぐれな自分を知っているので、気が変わらないうちにとすぐさま鋏を探し出す。部屋の隅の鏡の前に立ち、まずは胸の前に持ってきた毛束をばっさりと切り落とした。

「だからこれからも、一緒に生きていけば良いのです。どうせこの義眼《め》は私がいただいたのですから」

感覚に任せて、柔らかく後ろに回した鋏を持った手で、毛先が肩の辺りで水平になるように切った。さすがにロボットなだけあって、その程度の計算は楽勝だ。あと二回ほど鋏を入れただけでキレイに整え、軽くなった頭を振る。人工の毛髪が周囲に飛び散った。

「さて、と。イメージチェンジになったでしょうか？　見てもらいに行きましょう。彼らの驚愕する顔を、榛名も一緒に見ましょうね」

洋服に付いた髪をはたくのはキリがないと考え、マキナは似たようなオフホワイトのロングワンピースに着替えて部屋を出る。

最後まで展開できなかった義眼に埋め込まれたシークレットコードは、まるで早く解除して欲しがっているかのように、何度間違えてもロックされることはなかった。そして昨夜、たまたま聞いたセレンの言葉が核心を突いた。

「俺、もうすぐ成人の誕生日来るなぁ」

それは、十八歳になるということで。十八年前の、その日の日付。ダメ元で数パターン試すつもりで入力した「25890603selen」で展開されたデータは、愛しい人へのラブレターのようなものだった。

愛する弟・金剛と。

愛する我が子・セレンへの。

そして本気で愛せなかった共犯者の御跡切四葉への母性的な感情もあった。

「お、マッキナー――アァ!?」

リビングで談笑を続けていたらしい二人のヒトと一体のペットロボットが、静かに開いたドアに振り向く。一番に駆け寄って来たキャロットが驚いて飛びすさった。

「あれぇ? マキナさん、髪切ったんだ? いいね、短いのも似合う」

セレンはお世辞でも何でもなく、心から言ってくれているのがわかる。

金剛に少し顎を突き出して視線をやると、あんぐりと口を開けて何も言えないようだったが、やがて観念したように苦笑した。

「……ああ、よく似合うよ。その方が、お前さんらしいな」

言いながらつかつかと歩み寄ってきたので、思わずマキナは肩を竦める。暴力を振るわれたことなど一度としてないが、大声で怒鳴られる程度は覚悟してはいた。しかし。

「うん、俺の嫁はショートカット一択だな」

そう言って、優しく真正面から抱きしめてくれた。

「え……？」

「ワーオ、情熱的だなー」

戸惑うマキナの足元で――正確には金剛の足元だが、キャロットが吹けない口笛の代わりに自分の口で「ヒューヒュー」と言って冷やかした。

「怒らない、の、ですか？」

「どうして俺が怒る？　そりゃあ、丸坊主にでもしちまったらさすがに哀しみはするが、お前さんが自分の意志でしたことには口は出さないだろう？　これまでだって、ずっとそうだったじゃないか」

そうだった、けれど。榛名の面影は？　彼女の髪は長くはなかった？　いや、それは多分違う。先程の金剛の表情は、「何てこった」という顔だった。

ならば、これで吹っ切れたと？

「それにしてもうまいもんだな。後でセレンの伸びっ放しの髪も切ってやってくれないか？」

「ええ、構いませんが……」

「何だ、もしかして淋しかったのか？　チビちゃんと仲がいいからってほったらかしで、俺がセレンとばかり話していたせいか？　髪を切ってより美人になったくらいじゃ、喜ぶくらいで何も変わらないぞ、俺は」

「自惚れないでください」

ピシャリと言ったものの、その声にいつもの覇気がなく、金剛はニヤニヤ笑ったままだ。

「マキナ。『思うままに生きろ』ってのは、そういうことだよ」

榛名の残したメッセージを知らずとも、お互いにすれ違いながら愛し合っていたきょうだいだから、わかってしまうのかも知れない。マキナはロボットだから、血縁がどれだけ人間の人格の形成と因果関係があるかはわからない。人間だって、まだそこまで明確な解答に至っていないのだ。仲の良い家族もいれば、正反対の場合もある。血縁があるからこそうまくいかない関係や、何もない状態から新しい絆を築いてしまう関係もある。流れる血の源など、実は関係はなさそうなのに。

それでも、彼と彼女は。

「そうさせてもらいますよ。何しろ主人の命令ですからね」

くるりと踵を返し、リビングの脇の小さな引き出しから真新しい鋏を取り出す。

「じゃあ、セレンさん」

「ええっ？　今から？　いきなり？」

「思い立ったが吉日です」

「こうなったマキナは俺でも止められんからな。セレン、おとなしく座ってやれ」

髪を切ること自体は嫌なわけではないし、何をされるかわからないという恐怖心もなかったが、あまりにこれまでにない唐突さで有言実行に至ったので、さすがに戸惑ってしまう。とは言え、金剛に促されて引いてきた椅子に座り、マキナの細く優しく撫でる指に触れられると、自分でしか髪を切ったことのなかったセレンは温かい気持ちになった。

十回も鋏を入れずに、さっぱりとした少年らしいショートカットに仕上げられる。

「うっわ、かっけーじゃん」

キャロットさえ褒める出来らしい。鏡を見せてもらうと、いつものボサボサの猫っ毛が妙におしゃれな感じにカットされていて、自分でも気恥ずかしくなった。わりと、いい。

「いーなー。俺も毛が欲しい」

「うっさい。お前はツルツルの方が気持ちいいからダメ」

「げー、オレのこと何だと思ってやがんだよー」

冷たい塊、と言ってセレンは笑う。キャロットは噛み付くように突進していき、ちょっとしたかわいらしい乱闘になっているが、金剛は放ったままだ。

「心境の変化か？」

「ええまぁ、いろいろありましたしね」

「そうだな。俺が子持ちだとは思わなかったし」

「いいのでは？　私も子供を持ちたいですし」

ぎょっとして金剛がマキナを見下ろすと、彼女は何ということでもなさそうに見上げてきた。

「何か？」

「いや、さすが俺の嫁だなぁと思ってな」

「あら、どの辺りがでしょうね？」

「何があっても俺を否定しない」

「……意地悪を言わないでください。また食事を抜きますよ」

「あーらら。不貞腐れても可愛いよ、マキナ」

金剛は照れもせず、マキナの肩を抱いた。

マキナは自分が本当に愛されていると知る。榛名の代わりではなく、この十年以上の年月をかけて、彼にとってなくてはならない存在になれた、と。

「今度はお前さん自身の言葉で聞かせてくれよ」

「私自身の？　何をです？」

「愛してる、ってよ。こないだのアレは何か、言わされてるみたいな堅さがあったからな。戦地に赴く主人を送る役は、結構大変だろう？」

何もわかっていないくせに、重要な部分だけ核心を突いてくる憎い人。そしてそこが、最高に嬉しい。

「それは二人きりの時にします。さぁ、夕飯の準備をしますよ。手伝ってくださいね」

「はいはい」

物語の最後を大団円にしてしまうデア・エクス・マキナ。

果たしてそれは、彼女の中のどちらなのだろう――？


〈了〉

あとがき

こんにちは、またははじめまして！　桜井直樹です。

この度は私の二冊目の書籍となる『ヒトは一度しか死ねないのだから』をお読みくださってありがとうございます。

27世紀が舞台という、途方もない未来を描いたSF長編小説で、一見救いがないように思えるかも知れませんが、ヒトがヒトであり続ける限り、どこかに救いはあると思います。そのあたりを汲み取っていただけましたら幸いです。

本作の主人公はもちろんセレンなのですが、すべてのキャラクターを繋いでいるのが金剛といえるでしょう。彼がいなければこの物語は成り立ちません。

そして記憶のみで登場し、姿を表すことはない榛名。実はこの姉弟の名前（名字の「望月」も含む）には意味があり、自衛隊（または海軍）マニアとしては、ニヤリとする意味を込めています。ご興味があれば調べてみてくださいね。

キャロットとマキナはわりとすんなり生まれたキャラクターです。そして四葉もイメージは早々に固まっていました。

実は本作を書くに当たって、御跡切家《おとぎりけ》の人物の誕生から没年までの年表を作ったりしています。

さらには御跡切家の男性の名前は、みんな植物にちなんでいます。この年表作りに一番手がかかったのは意外でした。辻褄合わせしないといけないので大変でしたね。

太陽は年間だけでも地球に近付いたり離れたりしていますが、本作では敢えて「太陽に引かれている」設定を採用し、いずれ地球は太陽に飲み込まれることになっています。これは不可避なのです。

それを知った時、ヒトはどうするか？　もちろん、自分たちが生きているうちは無事です。けれど、いずれどこかの時点で抗い切れなくなる時が来ます。そんな極限状態を、早い段階から研究するのが学者です。

個人的に、白衣好き、学者好きの癖が出てしまい、できあがった物語でもありますが（笑）、さまざまな文章やセリフ、行間にまで意味を込めているのが伝わればいいなと思います。

でもそんなに難しく考えず、「おー」とか「へぇー」とか言いながら気軽に読んでください。

どんなにシリアスな物語にも、少なからず笑いをぶっ込みたい大阪人ですので、最終的には楽しんでいただけることが一番の喜びです。どうぞお気軽に読んでみてくださいね。小難しいことは天才学者に任せればいいのですよ。

本作を世に出すにあたって、いつも私の本を素敵に彩ってくれる素晴らしいイラストレーターでデザイナーの菫《とう》ちかちゃんに、心より感謝を伝えます。彼女は私の「トーチカ」です。

また、六年前の出会いを覚えてくださっていたみらいパブリッシング様の田中編集長（副社長に昇進されていてびっくりでした！）と、担当してくださった編集者の小田さんにも、この上ない感謝を申し上げます。

そして私とみらいパブリッシング様を絶妙なタイミングで繋いでくださった、恩師の望月俊孝先生（金剛と榛名と名字が同じなのはシンクロニシティです！）にも多大なるお礼を。

他にも、いつも応援してくれる仲間たちなど、お名前を挙げ始めるときりがないですが、今この本を手に取ってくださっているあなたには、最大限の祝福と幸運をお祈りします。

私に関わってくださったすべての皆さまにありがとうと叫んで伝えたい。

次回作でまたお会いできますことを願っています。

この本があなたとともにあれる幸せをかみしめて。

本書があなたのお守りになれますと嬉しいです。生きてるのも悪くないよ。

愛と感謝を込めて　　桜井直樹

桜井直樹（さくらいなおき）

小説家、エディター・ライター、ハイヤーセルフコネクター、レイキティーチャー、パーソナルスターインストラクター。

Amazon Kindleで『ガーディアン・デ・ラ・ゲール～戦争の番人～』にて電子書籍デビュー、ベストセラー獲得。その後、表紙タイトルデザインや挿絵他を刷新して追加エピソードも加えたペーパーバックを発売。

本作の後に、転生しない異世界ファンタジー長編小説『理不尽な覇者のアウフヘーベン』の出版を控える。Web小説投稿サイト「カクヨム」でもさまざまなジャンルを連載中。

幼少期から絵本でも児童文学でもない、普通の小説や偉人の伝記などを貪るように読み、小学4年生からは小説のようなものを書き始める。

読む方は雑食、書く方はホラーとミステリー以外長短問わずなんでも来い！でもベタベタの恋愛モノには苦手意識がある。

20代、10年間の暗黒期を経て、病んだメンタルのリハビリのために再び執筆再開。

2023年1月に恩師とメンターに出会い、人生観が180°変わり、脳内お花畑になる。

すべての基本は「愛と感謝」。

座右の銘は「落伍者には勝利はない。勝利者は決して途中であきらめない。」

バリバリの大阪人なので、シリアスな物語の中にも必ず笑いをブッ込みたい体質。

社寺仏閣巡りが趣味で、スマホにはお守りじゃらじゃら。本体より重い。

好きなものは夫と飼い猫。子供は持たない選択。

本と音楽（HM、HR中心）、映画と舞台、ライブは必須。

国内旅行、温泉も好きで、美味・美酒が生きる潤い。

ラーメン、肉、パスタ、フレンチ、イタリアン、京懐石、ご当地グルメなど、食べることが大好き。

桜井直樹公式HP「CRAZY POP」
https://naosaku.jimdofree.com/

ラノベ
Light Novel

ヒトは一度《いちど》しか死《し》ねないのだから

2024年2月24日　初版第1刷

著　者　桜井直樹
発行人　松崎義行
発　行　みらいパブリッシング
〒166-0003 東京都杉並区高円寺南4-26-12 福丸ビル6F
TEL 03-5913-8611　FAX 03-5913-8011
https://miraipub.jp　MAIL info@miraipub.jp
企　画　田中英子
編　集　小田瑞穂
イラスト　菫ちか
ブックデザイン　洪十六
発　売　星雲社（共同出版社・流通責任出版社）
〒112-0005 東京都文京区水道1-3-30
TEL 03-3868-3275　FAX 03-3868-6588
印刷・製本　株式会社上野印刷所

ISBN978-4-434-33370-5 C0093